LES FAÇONS D'ÊTRE

DU MÊME AUTEUR

POÉSIE

Quelque chose de ce qui se passe, Le Castor Astral, 2021.

Ça tient à quoi ?, préface de Jacques Morin, Le Castor Astral, 2019.

Nageur du petit matin, Le Castor Astral, 2015.

Ces moments-là, préface d'Éric Holder, Le Castor Astral, 2010.

C'était quand ?, Le Dé bleu, 1999.

Longtemps après la soif, Verlag im Wald, 1995.

Des cailloux qui flottent, Le Dé bleu, 1994.

Tout cela, Le Dé bleu / Écrits des Forges / L'Arbre à paroles, 1992.
Prix Georges-Limbour et Prix Apollinaire

Pour un peu, Le Dé bleu, 1989.

Tout doit disparaître, Le Dé bleu, 1984. Prix RTL / Poésie 1

Objets trouvés, Le Pavé, 1982.

C'est à cause du titre, L.O. Four, 1981.

RÉCITS / NOUVELLES / CHRONIQUES

La Surface de réparation, Le Castor Astral, 1997.

Partir pour de bon, H. B. éditions, 1996.

La Terre ronde, Atelier du gué, 1994. Prix de la Ville de Caen

Caen, des pages, des pas, Atelier du Gué, 1994.

En principe, L'Échoppe, 1992.

Boulevard de l'Océan, Seghers, 1990 ;
Le Castor Astral, préface de François Bott, 2006, Le Castor Astral,
préface d'Yves Leclair, dessins de Valérie Linder, 2021.

J'ai beau marcher, L'Échoppe, 1988 ; Isoète, 2006.

L'Écluse, L'Échoppe, 1988.

Mais où sont ces photos ?, Le Castor Astral, 1987.

Talonnades, Le Castor Astral, 1986.

ENREGISTREMENT

François de Cornière, Les « Poétiques »
de France Culture, CD Radio France, 1997.

François de Cornière

LES FAÇONS D'ÊTRE

Préface de Paul Fournel

Collection « Poche / Poésie »
Le Castor Astral

LES FAÇONS D'ÊTRE
est le mille trois cent seizième ouvrage
publié par Le Castor Astral

Une collection dirigée
par Jean-Yves Reuzeau

Maquette de couverture : Magali Giraudo.

Crédits photos :

Page 1 : DR.

Page 2 : François de Cornière,
près de Guérande, en août 2021.
Photo © Jean-Yves Reuzeau.

Page 231 : lors d'une Rencontre pour lire à Caen.
Photo © Pierre-Jérôme Coulmin.

Page 232 : chez Norge à Mougins, en Provence.
Photo © Pierre-Jérôme Coulmin.

www.castorastral.com

ISBN 979-10-278-0316-3

PRÉFACE

Il y a dans la poésie de François de Cornière un air de villégiature, un air de vacances au sens où les vacances ne sont pas du repos mais de la disponibilité, de l'ouverture au jour et au petit monde. Une vacance aux aguets cependant, le carnet n'est jamais bien loin. L'homme immobile devant le paysage travaille à chercher cet instant de la sensation qui fera mémoire et permettra au poète de lutter contre l'oubli. C'est une bouée au loin sur la mer, c'est une femme assise devant sa tasse de thé (les femmes, chez François de Cornière, boivent du thé), c'est le miroir de l'eau calme autour de l'île mais c'est aussi cette sensation précieuse d'éprouver une « tristesse pas triste ». Les grands épisodes qui marquent le destin sont ici en filigrane : le deuil, les enfants, les maisons, le cours urgent de la vie sont glissés dans le poème comme par effraction, ils sont le texte sous le texte. Un magnifique et discret « moi aussi » suffit à dire l'amour qui naît. Le poème agit alors comme un pistolet muni d'un silencieux, il frappe sans bruit et touche par surprise.

Dans leur clarté voulue, dans leur économie et dans leur recherche incessante de la sensation vraie, les poèmes vont à l'essentiel du futile. Toujours ils traquent l'événement qui surgit dans un matin sans événement, ce léger froissement de la surface du jour qui va en être la mémoire et se figer dans le poème.

« Est-ce que c'est le souvenir qui fabrique le poème ou le poème qui fabrique le souvenir ? »

François de Cornière cherche à écrire en peu de mots quelque chose de sa vie. Les mots qu'il convoque ne viennent pas du grand orchestre de la poésie. Ils sont du monde alentour, de la chanson qu'on fredonne sous sa douche. C'est pour cela que le poème vous prend par surprise et vous parle à l'oreille. Il partage ta sensation contre la mienne, la douceur de mon soir contre la tienne, je l'ai vécue et je l'ai sentie comme toi mais je la dis mieux et comme personne. « Qu'est-ce que c'est d'autre un poème qu'un petit sac d'émotions mal fermé ? »

François de Cornière ne sera pas convoqué au « festival de poésie opaque » qu'il se promet, en riant, de créer. Il a choisi la ligne claire. Son talent est de transparence et d'accueil. Les mots qu'il utilise font souvent leur première entrée dans l'histoire de la poésie. Leur simplicité les rend neufs et donne au poème un accent de vérité. Tout cela dans une vraie conscience rythmique musicale qui doit beaucoup au jazz que l'inusable lecteur de CD diffuse tout le long du recueil.

Pour aimer encore plus la poésie de François de Cornière, il faut lire en regard ses courtes proses. C'est là que se trace la différence fine entre le récit et le poème qui sont pourtant si proches dans leur économie. Comparez les poèmes du début de cette anthologie avec les courts récits de *Boulevard de l'Océan* et vous recevrez la plus discrète leçon de poésie.

Paul Fournel

« Je vis de ces éclairs, je vis de ces instants. »
Georges Haldas

CES MOMENTS-LÀ*

* Le Castor Astral, 2010. Ces poèmes ont d'abord été édités dans *C'est à cause du titre* (L.O. Four, 1981), *Tout doit disparaître* (Le Dé bleu, 1984, prix RTL / Poésie 1), *Tout cela* (Le Dé bleu, 1992, prix Apollinaire et prix Georges-Limbour) et *C'était quand ?* (Le Dé bleu, 1999).

DE BONNE HEURE

de bonne heure
la plage sans personne
les moulières au loin

les pieds nus des enfants
qui courent vers la mer

nos regards qui disent
la distance accomplie
et le but retrouvé
au premier cri dans l’eau

LE CERF-VOLANT

le cerf-volant haut sur le bleu
le regard de mon fils
aux tourbillons du vent
quand pique
sans tomber
la forme de toile rouge

fragilité de sable
des instants de l'enfance
qui quelque part en nous
font voler des images
sans qu'on parvienne jamais
à en couper le fil
et qu'on ramène toujours
à soi

LA MAISON ROSE

ils ont refait le crépi
de la maison rose
que nous voulions revoir
pour la couleur
du côté des parcs à huîtres

la façade est blanche
nette, implacable
– ces traînées le long des fenêtres
cette matière brûlée par le sel –

La Rosaie dans la pierre maintenant
au-dessus de la porte
comme le titre d'un tableau
qui n'aurait plus de sens

la poésie comme la vie
tient toujours à un fil

LABYRINTHE

soir où l'on tond la pelouse
avec le bruit du moteur
qui vous casse les oreilles
(on enrage)
mais pourtant derrière la machine
qu'on pousse avec ses pensées
prendre un certain plaisir
à se couper du reste
et à brouiller les pistes
en dessinant des traits parallèles
qui se croisent ensuite
jusqu'à se perdre
quand le silence revient
étonnant
avec l'odeur de l'herbe
un merle qui tire un ver
et tout ce qui reste là
en petits paquets d'herbe
ou de mots coupés nets
qu'on laisse
ou qu'on ramasse
comme on fait un poème
alors qu'un pigeon passe

dans un frottement d'ailes
qui fait lever la tête
et réfléchir

LIQUIDATION

parfois on recherche un poème
pour une phrase
qu'on a lue on ne sait plus quand
mais qui revient – pourquoi –
à la mémoire
à cause peut-être d'une impression
pareille à celles qui font croire
qu'on a déjà vécu ce moment-là
alors on feuillette des livres
on s'arrête sur des mots des images
et on s'aperçoit qu'au fond
on n'a jamais rien lu
ou plutôt que c'est jamais fini la poésie
quand bien même on passe des nuits
à courir le long des rails
pour rattraper ce qui s'en va
comme un jour on s'arrête
devant une boutique de souvenirs
avant la saison sur la côte
pour une pancarte en lettres bâtons
qui dit que TOUT DOIT DISPARAÎTRE

COUP DE THÉÂTRE

les gestes qu'on fait le soir
autour de la table
dressée sur des tréteaux
devant la maison
à cause de la lampe
– servir à boire enjamber
le banc chercher un plat
dans la cuisine ou une fourchette –
sont comme des ombres
derrière un écran invisible
on ne comprend pas bien l'histoire
on a du mal à suivre
mais qu'un frelon arrive
tout droit
et chacun joue son rôle
et se lève
on pousse des cris
on rit
on ne bouge pas
et le torchon qui tourne
blanc jusqu'à la vitre
dit mieux que tout
la peur qui prend

même pour rien
qu'on écrase d'un coup sec
sous tellement d'autres choses
qu'un morceau de tissu
bordé de rouge

RIVAGES

c'est sans doute l'impression du départ
qui fait qu'on se resserre
les uns contre les autres
sur des banquettes en bois
en plein vent sur le pont
comme dans les actualités
– avant le grand film –
où l'on voyait des vedettes du muet
partir à la conquête
de l'autre continent
on se retourne vers la côte
on ferme une capuche
on voit la terre partir
et pendant plus d'une heure
on oublie un peu tout
avec les vagues qui montent
et descendent sous les pieds
avec les paquets d'eau
qui font rire aux éclats
avec les bras passés
par-dessus les épaules
et des mots très banals
pour dire si ça va bien
et si l'on est heureux
et pourquoi on se tait

IMPRESSION

après les vagues
on les voit s'enrouler
dans de grandes serviettes
au bout des bras d'une femme
qui les surveillait
du bord
en leur faisant signe souvent
de ne pas aller trop loin
de revenir
et les serviettes claquent
puis se collent sur leurs corps
et leurs pieds sautent
l'un après l'autre sur place
et c'est à travers le sable
soulevé par le vent
de drôles d'expressions
qu'on attrape au vol
comme dans des films d'amateur
sur de petites bobines
qu'on regarde une fois
sans jamais les coller
et qui finissent par se mélanger
dans un carton laissé
au fond d'un grenier
rempli d'objets sans vie

HARMONIE

portes et fenêtres ouvertes
sur le jardin qui reverdit
on entend
par-dessus les voitures de la rue
mille détails se ramasser
graviers jetés à la volée
d'un coup de pelle
dans la cour d'un immeuble
le raclement d'outils
sur le ciment d'un mur
portière claquée
chien qui aboie
et des enfants crier
dans la cour d'une école
avec parfois des mots
qu'on ne comprend pas
que disent des ouvriers
ou des mères au balcon
alors qu'on est dedans
dans un bureau avec des livres
à chercher à écrire
pourquoi on aime ce temps
quand c'est pourtant l'automne
depuis deux jours

et qu'on est seul
et qu'il fait beau
jusque dans les bruits

ENCORE UN PEU D'AMOUR QUI SE DÉROULE

J'ai noté
qui venait de la cuisine
le bruit d'un couteau sur une pomme.
Je l'entendais je l'ai marqué
avec d'autres mots
pour dire d'autres bruits
(comme celui d'un frigo
dans une maison vide
ou encore d'un râteau
sur des graviers l'été).

Aujourd'hui je les retrouve
– mots et bruits –
au milieu d'un carnet
qui me parlent toujours
me renvoient à des lieux
à des jours très précis.

Et si par la fenêtre ouverte
j'écoute vos rires et vos cris
dans un jardin vibrer
c'est dans le jet d'eau qui vous vise
encore un peu d'amour qui se déroule
et qui retombe dans mon poème
maintenant retrouvé.

TU CROIS QUE ÇA VA DURER ?

Et un merle qui n'en finissait pas
de piailler dans l'arbre du voisin.

Et la douceur de cette soirée exceptionnelle
– tout le monde le disait – pour la saison.

Et la rumeur particulière de la ville
(les cloches à un moment
puis les voitures une ambulance).

Tout cela avait fait
que je n'avais rien fait d'autre
que de prêter l'oreille
à toutes ces choses qui passent
comme du jour à la nuit
sans qu'on s'en aperçoive.

« Tu crois que ça va durer ? »
avais-tu dit alors
de la pièce d'à côté.

Et tes mots étaient simples
qui posaient la question
de l'évidence qui passe
dans le langage aussi
sans qu'on s'en aperçoive.

CE LÉGER COURANT D'AIR

La matinée s'est bien passée.
À travers les volets la lumière
a fait sur le tapis des traits
et nous avons pensé que le printemps dehors
pointait le bout du nez.

La matinée s'est bien passée.
Nous avons échangé nos paroles et nos corps
dans une ville de province
où nous avions déjà laissé
beaucoup de temps de notre vie.

Il y avait du soleil
une fois le rideau tiré
et quand tu as ouvert la fenêtre
j'ai pris le poème comme il venait :

ce léger courant d'air sur ta peau
a fait passer un souffle
que j'ai très bien senti.

À QUOI TU PENSES ?

Je te voyais penchée
ramasser les feuilles mortes
et ranger pour l'hiver les outils
dans la petite cabane.

Dix ans que nous vivons ici
et c'est vrai
les arbres ont poussé
tu as mis des graviers devant la maison
notre chienne est vieille maintenant.

Mais le geste que tu as fait
– te relever ou simplement
lever la tête –
je le connais trop bien
pour pouvoir te répondre
quand du fond du jardin
tu demandes :

« À quoi tu penses ? »

avec tous ces pigeons
dans le ciel de dimanche
qui font claquer leurs ailes
comme si c'était pour nous.

L'ODEUR DU LINGE

Tu dis :
« J'aime bien cette odeur »
quand nous plions un drap
resté toute la journée
au soleil du jardin.

Nous prenons chacun
les coins entre nos doigts
les rabattons ensuite
presque l'un sur l'autre.
Puis nous tirons
chacun de notre côté
d'un coup sec
ensemble.

Mais souvent
je lâche tout.
Et tout est à reprendre
dans l'odeur du linge
où tu ajoutes simplement :
« Je m'en serais doutée ! »

Comme si je l'ignorais.

LES CLÉMENTINES DE LA NUIT

Fraîches dans la main
quand je vais les chercher
les clémentines de la nuit
j'en connais le goût.

Un coup d'ongle ou de dents
et le jus sur les lèvres
mais nous n'en disons rien
ou simplement « c'est bon ».

Nous enlevons la peau
nous détachons les quartiers
nous partageons au bord de notre lit
ces minutes comme les fruits
sans les compter.

Mais quand je porte dans la cuisine
les pépins et les petites robes
sur le bord de l'évier
je vois tout le prix briller
des nuits de clémentines :
longtemps après la soif.

LE VERSANT D'EN FACE

Arrivés tard dans la nuit
et le matin encore couchés
tous les bruits du dehors
(la montagne les arbres les oiseaux
peut-être même le ciel)
nous les écoutions sans bouger.

Nous n'avions rien encore revu
dans les phares du chemin
mais maintenant tout se mettait en place
derrière les volets par-dessus les tuiles
à partir du vieux lit :

un geai était parti sur le versant d'en face
la vigne caressait le mur
le silence passait entre deux vagues de vent
et cette tourterelle – nous ne la connaissions pas –
où pouvait-elle être ?

Nous restions allongés dans la chambre du fond
avec seulement la minuscule fente de lumière
qui tenait tout l'ensemble
en tremblant légèrement derrière le rideau.

Mais qui de nous irait ouvrir ?
Et pourquoi tant attendre ?

TOUT REPRENDRE

Quand nous revenons
dans la maison d'Ardèche
il faut tout reprendre.

Arracher scier couper
ronces branches genêts
soulever porter déplacer
pierres planches meubles
dégager les accès les abords
se battre contre le temps.

C'est un peu tout reprendre
des jours passés ici.
Les mois font les années
les années font la vie
et puis la mort
et puis la mort la vie.

(Les enfants ne savaient pas marcher
ils se sont lâchés ils sont tombés
ils ont couru sur le chemin
leurs corps ont dépassé nos corps.

Sous une couche de graviers
retenus par des pierres
– ramassés en chemin –
la tombe de leur grand-père
regarde la montagne.)

Et ce qui passe ici
entre les feuilles dans le ciel
le vent ou au fond du ravin
nous le reprenons.

Comme si c'était possible
de nous reprendre avec.

POUR LES CERISES

Pour les cerises les plus hautes
l'escabeau ne suffisait pas.

On avait beau se mettre sur la pointe des pieds
tirer sur les branches les secouer
s'y suspendre
et faire peur aux enfants
avec des gestes pour rire
les plus grosses – celles qu'ils voulaient –
ne se laissaient jamais faire.
Elles tenaient s'accrochaient
et nous étions vaincus.

Aujourd'hui je repense à cela.
Le cerisier est mort
et les enfants sont grands.

Mais des boucles d'oreilles rouges
gesticulent bizarrement sur ma page.
Et cette fois je les cueille.

LES BOULES DE PÉTANQUE

Quel bruit elles font
les boules de pétanque
quand elles se cognent
aux rires qui portent jusqu'à moi
la joie de ce coup-là !

Vous êtes dans le chemin
l'un au bout de sa vie
l'autre encore au début.
Sous les châtaigniers vous jouez
à dégommer du jour
des étincelles d'or ou de plomb.

Et j'écoute les boules de pétanque
quand je ne vous vois pas
là-bas à l'ombre des grands arbres.

J'entends bien tout cela
qui part de votre main
retombe sur des cailloux pointus
ou sur cette sorte de boule
que je roule dans ma main
moi qui ne vise rien sauf

mon poème arrêté
une image de vous
et vos rires vos rires
dans l'été
qui s'envolent.

ÇA SENT L'AUTOMNE TU NE TROUVES PAS ?

Une seule phrase peut suffire comme
« Ça sent l'automne tu ne trouves pas ? »
pour que l'été nous abandonne
un 23 août quand il faisait si beau.

Alors nous avons remonté le ruisseau
très doucement sans dire un mot.
J'ai pêché quelques truites
dans très peu d'eau très peu de place
mais c'est ta phrase qui me poussait
à continuer à insister
jusqu'à la source sur le plateau
où nous nous sommes rejoints
et où l'air vif nous a saisis.

« Ça sent l'automne tu ne trouves pas ? »

Les herbes s'étaient mises à trembler.
Nous avions observé les chevaux
qui couraient et venaient jusqu'à nous.
Et la lumière du soir construisait ses murets
dans le grand paysage d'un parcours
qui se terminait là

– nous le savions déjà –
derrière nos ombres longues
qui partaient devant nous
et que nous devions suivre.

ON N'AURA PLUS LE SOLEIL

« Dans cinq minutes
on n'aura plus le soleil. »

Et l'ombre je la regarde
qui gagne du terrain
et qui glisse sur l'herbe
devant la maison.

Bientôt elle va toucher
la chaise où j'écrivais
le fauteuil où tu es.

Mais nous aimons attendre
le dernier moment
avant de nous lever
déplacer nos sièges
prendre nos affaires
aller un peu plus loin.

Le dernier moment toujours
pour que le temps achève son tableau
où nous sommes assis
comme des voyageurs dans un coin de l'été.

Mon espadrille c'est la limite la signature
mais nous seuls le savons.

LE CLOU QUE J'ENFONCE

Ce ne sont pas de grands poèmes
mes petits vers.
Tout au plus des impressions
que j'ai du fond de moi
laissées venir sur du papier
– et quand je le pouvais.

Aujourd'hui
je scie des planches
(vous êtes dans la petite chambre)
je rafistole des chaises
(et je vous entends rire)
je débroussaille je fais des tas
(le mistral fait tout voler).

Je note cela sur un coin de la table
et quand le marteau tape
toute la montagne résonne
sur le clou que j'enfonce
au cœur de cette matinée bleue.

DANS LE RECTANGLE DE L'ÉTÉ

On montait dans la chambre
les jours de tempête.
Par la petite fenêtre
– lucarne sous le toit –
on regardait la mer
grise ou verte qui roulait
d'énormes vagues blanches.

On aurait dit un bateau
ou un phare cette place-là.
Et le vent les nuages
les mouettes qui passaient
dans le rectangle de l'été.

Mais il y avait le bruit surtout
du grand dehors
quand sous les draps
nos corps minuscules
cherchaient comme des poissons
à s'enfoncer très loin
vers cette région du monde
qu'une ligne délimite
et qui n'existe pas :
l'horizon.

LA MER TOUTE LA NUIT

Nous la laissions ouverte
la fenêtre dans le toit
et nous avions la mer
pour nous toute la nuit.

Nous écoutions son bruit
quand nous allions dormir
nous entendions rouler
sa présence tout au bord.

Tout au bord et encore
ces moments arrondis
sous les draps de nos doigts
où le monde tournait
plus petit qu'un grain de sable
qui nous faisait parler
très tard
au fond du lit.

LE CHEMIN DE NOS TRACES

En revenant c'était un jeu
de retrouver nos pas laissés
sur le sable mouillé.

Quand nous allions loin
quand nous marchions longtemps
et quand nous rentrions
nous suivions à l'envers
le chemin de nos traces.

Mais – bottes ou pieds nus –
nous sommes ces signes-là
qui par endroits s'écartent
s'enfoncent bizarrement
ou même ont disparu.

Comme si c'était un jeu
de retrouver des pas laissés
sur le sable mouillé
en revenant sur soi
à partir du poids
très léger de la vie.

LE SABLE DANS LA MAIN

On le sentira toujours couler
le sable dans la main :
poing fermé
mince filet
petit tas.

Ce geste machinal
où file avec le sable
quoi d'autre d'exactement
il est toujours le même.

Sauf qu'aujourd'hui j'y pense
laissant couler du sable
de mon poing sur le sable
le plus lentement possible
avant d'ouvrir les doigts.

MES PAS DERRIÈRE MON CŒUR

Même si vous n'êtes plus
que des mots dans mes poèmes
– des pronoms personnels
qui pour moi ont des corps
des gestes des paroles –
c'était pour toi pour vous pour nous
ces phrases où j'ai laissé
mes pas derrière mon cœur.

Et si l'eau est venue tout recouvrir
ou de la terre la terre
et des ciels d'autres ciels
je n'oublie pas
– vous qui n'êtes plus que des mots
dans mes poèmes –
que sous l'eau la terre le ciel
je suis relié à vous
qui me reliez à moi.

Alors je continue
de vous parler
de t'embrasser
de nous croire mortels
et d'écrire quelques fois des poèmes

où mon corps mes gestes mes paroles
sont ces cendres encore chaudes
sous mes phrases où vos pas
c'est mon cœur.

QUAND UNE AMPOULE GRILLE

Quand une ampoule grille
il se passe un moment de gravité.

L'objet est encore chaud.
On le secoue près de l'oreille
et on entend le bruit
du petit fil qu'on voit.
Qui a lâché.

Alors on cherche dans un tiroir
et on monte sur une chaise
jusqu'à la lampe
au-dessus de la table.

Dans le silence des yeux levés
c'est la lumière qu'on cherche maintenant
« à rétablir ».

Mais autre chose nous a claqué
entre les doigts pendant ce temps.

Il reste à savoir quoi.

COMMUNICATION POÉTIQUE

J'y étais allé :
« Module de Communication Poétique ».

Dans la salle
des instituteurs
des élèves-professeurs
des enseignants
des tonnes de pédagogie.

Ils ont lu des poèmes de leur choix.
Beaucoup de comptines
de poèmes pour enfants
ou de mots OuLiPo.

Par la fenêtre je voyais le ciel
de très beaux nuages
et les arbres penchaient
sous ce mouvement du monde
absent de leurs lectures.

Dans leur bibliothèque
j'avais pris un livre de Ramuz
pour une page manuscrite :
« Toujours écrire des poèmes

animer l’air la terre et l’eau
– mêler les choses aux hommes. »

Il n’avait jamais été emprunté.

ET ALORS ?

Ce sont des détails
– comme vous dites –
des petits coins de ciel
des gouttes d'eau sur la vitre
ou des herbes qui plient.
Et alors ?

Ce sont mes marées hautes
mes rochers de juillet
mes ruisseaux du mois d'août
mes chemins mes épines
mes galet mes cailloux
Et alors ?

Ce sont mes longs hivers
mes tiroirs et mes livres
mes cafés mes rencontres
mes amis mes amours.
Et alors ?

Ce sont mes certitudes
puisque vous êtes là
qui vivez tout comme moi de détails
– comme vous dites –
où va ma poésie.
Et après ?

ON JOUAIT AUX FLÉCHETTES

On jouait aux fléchettes
quand vous étiez petits.
Il y avait des couleurs
– rouge vert jaune bleu –
qui transperçaient le soir
en même temps que vos cris.

Il fallait compter
faire des additions
tricher un petit peu
ou rechercher dans l'herbe
une couleur tombée.

Aujourd'hui je regarde le jeu de fléchettes.
Accrochée à une poutre
la cible est criblée de mille trous.
Il y a de la poussière
des toiles d'araignées.

(« Surtout soyez prudents
restez derrière celui qui vise.
Ce bâton sur le sol
la limite pour vos pieds. »)

J'attends encore pour m'avancer
et détacher l'aiguille
enfoncée invisible
en plein cœur de l'été.

LE MOMENT BLEU

Quand un martin-pêcheur
à ras de l'eau était passé
on s'appelait on se criait :
« Tu l'as vu ?
Il vient juste de passer. »

Mais très souvent l'un d'entre nous
n'avait rien vu
et c'était l'un – ou alors l'autre –
qui gardait seul
le moment bleu.

Ce moment bleu du grand courant
(on remontait jusqu'à la nuit
on se perdait on s'attendait)
tu l'as sur toi.

Dans tes papiers
contre ta carte d'identité
la petite plume
tu l'as glissée.

Elle est pour toi
comme mon poème :

éclair reflet présence absence
doigt sur la bouche.

Nos moments bleus
ils ont filé.

UN FREIN LÂCHAIT

Un frein lâchait
tout était différent.
C'était celui d'arrière
– à droite sur le guidon –
le câble avait sauté
d'un coup
comme un ressort.

Un frein avait lâché
tout s'accélérait
et c'était providence
de pouvoir retenir
– d'une seule main gauche –
ces instants qui filaient
entre nous sur la route.

Je roulais derrière toi
tu t'étais retournée
le ciel allait pleuvoir.

Et je serrais ce frein
dans la grande descente
qui traversait mon corps
avant les premières gouttes
sur ta peau.

AVEC TES NATTES

J'avais noté :
« Faire un poème avec tes nattes. »
J'ai tout tourné dans tous les sens
les mots les phrases
et mon stylo entre mes doigts.

J'aurais voulu avec la langue
aller au bout de mon idée
et l'arrêter dans un poème
pour tes nattes
comme toi tu mets pour les tenir
un élastique.

Quand tu l'enlèves – l'élastique –
tes nattes tiennent encore.
Et j'aime quand d'une main tu démêles
de tout le reste ce moment-là.

Ce moment-là où mon poème
en même temps
me file toujours
entre les doigts.

CET OUBLI QUI REVIENT

Cette fin d'après-midi
huit juillet de Bretagne aujourd'hui
sur le sable un moment
je me suis assoupi.

Sous ma serviette je sens
les grains qui roulent
ce lent mouvement du temps
la spirale de ma vie.

– C'était le même vent tiède
le même souffle sur la peau
cette plage au Maroc
où nous avions dormi
à l'ombre d'une dune –

Maintenant j'ouvre les yeux
et tu es avec moi.

Y a-t-il vingt-cinq ans
que je faisais ce somme ?

Cet oubli qui revient
est-il notre jeunesse ?

MA MONTRE MARCHE

Des gouttes d'eau sont dans ma montre.
Derrière le verre elles sont venues
brouiller les pistes cacher les traits
qui donnaient l'heure du cadran.

Elles sont entrées je ne sais plus
à quel moment elles sont passées :
main dans l'eau froide du torrent
corps qui nageait dans l'océan
vagues horizon.

Elles font un cercle avec leurs cercles
il disparaît avec le temps.

À l'intérieur du rond leur rond
a rétréci s'est évanoui
en emportant cette buée
où les aiguilles pourtant tournaient.

Ma montre marche !
Ma montre marche !

Mais je regrette que soient parties
les gouttelettes à mon poignet

qui enfermaient la seule réponse
à ma question :

« Mais c'était quand ? »

NAGEUR DU PETIT MATIN*

à Sophie

* Le Castor Astral, 2015.

Le présent de tous les temps
J'avais écrit
sur un bout de papier
à côté de ton lit :
« Tu as été la femme de ma vie.
J'aurais été l'homme de ta mort. »

Et toi
tu m'as laissé une lettre
qui peut dire
exactement le contraire.

Elle se termine par
le verbe aimer
conjugué à la première personne
au présent
de tous les temps.

NAGEUR DU PETIT MATIN

C'était ce que j'aimais :
m'arrêter de nager
me retourner doucement
et regarder la côte.

La plage encore dans l'ombre
les maisons blanches derrière la dune
les pins le ciel
traînées de nuages roses.

Je nageais toujours
jusqu'à la bouée jaune
je m'arrêtais
je me retournais.

C'est là que j'ai pensé écrire
un poème pour cet instant
quand je me laisse porter
à trois cents mètres du bord

nageur du petit matin
pourtant proche déjà loin
déjà loin pourtant proche

– mais de quoi ?

SUR LE DOS

Il y avait des soirées
sans vent sans vagues
où l'envie de nager sur le dos
était une évidence.

Pas de mouvements de bras
peu de battements de pieds
le ciel m'accompagnait
jusqu'à très loin du bord.

Sillages d'avions si hauts
couleurs effilochées
confusions transparentes
profondes à la renverse.

Cette impression alors
de n'être plus qu'un corps
un dos couché sur l'eau
l'oubli de qui on est :

être soi-même l'oubli
de tout ce qu'on a aimé.

COMME L'ÉCRIVAIT CARVER

Tard en fin de journée
nous allions marcher sur la plage
jusqu'à la côte sauvage.

Après l'hiver enfin
apparaissait un soir
un premier château de sable.

J'aimais ce moment-là
comme retrouver tracés
en lettres de coquillages
des prénoms amoureux
des cœurs petits cailloux
des jardins bordés d'algues
aux clôtures de galets.

Ces monuments laissés sur place
par des enfants obligés de rentrer
comptent toujours pour moi.

Quand je les vois renaître
je pense que nous sommes ces deux-là
qui continuent de marcher
s'arrêtent pour regarder

et qui font attention
de ne pas piétiner
comme l'écrivait Carver :
« La vitesse foudroyante du passé. »

DES PHRASES

Des phrases il y en avait
qui revenaient toujours :
« N'allez pas trop loin ! »
« Elle monte ou elle descend ? »
« Comment tu la trouves ? »
et bien sûr aujourd'hui :
« Elle est super bonne ! »

C'étaient des phrases du bord de mer
qu'on entendait passer ainsi
depuis tant d'années
comme une sorte de bande son
– ineffaçable pourtant fragile –
des étés de nos vies.

Des phrases qui nous racontent
des phrases qui nous ponctuent
et qu'on connaît par cœur
quand je te dis
déjà sur mon vélo
et prêt à m'envoler :

« Je reviens tout de suite
je vais voir la mer. »

LA DOUCHE DE LA PLAGE

À frère-poisson

Et l'un de nous disait :
« Allez on rentre ! »
Alors on nageait côte à côte
en direction de nos serviettes
qu'on voyait bleues et blanches
sur la petite clôture de la dune.

C'était la fin de septembre
ils n'avaient pas encore démonté
la douche de la plage
et nous étions les seuls
à partager ce rituel matinal
après nos bains de mer.

Il fallait appuyer souvent
sur le bouton-poussoir
pour que l'eau continue de couler.
À quoi pensait
celui qui se rinçait ?
À quoi pensait
celui qui attendait son tour ?

Pourquoi la douche de la plage
était-elle déjà ce souvenir
qu'un arc-en-ciel de gouttelettes
par moments imprimait ?

SOUS LA PLUIE

En fin d'après-midi je te disais :
« J'y vais quand même. »

Je prenais mon vélo
sans autre vêtement
que mon maillot sur moi
et pas besoin de serviette.

Je sprintais sous l'averse
roulant en plein milieu des flaques
et entre les pommes de pin
tombées rue de la plage.

J'arrivais vite
je lâchais ma bécane
j'étais trempé et j'avais froid.

La mer devant
était criblée de lourdes gouttes
rebondissantes et grises.

Le sable sec était mouillé
l'eau paraissait chaude.

Et je nageais sous la pluie
je nageais sous la pluie
à l’abri de tout
comme si je n’existais pas.

LE SENS DE LA NAGE

Elle me disait souvent :
« Sois prudent
ne va pas si loin
longe plutôt la côte. »

Mais ce n'était pas pareil.
Je préférais nager vers le large
en direction d'une ligne
que moi seul connaissais.

Je réglais ma cadence
de crawl avec mes palmes
et partais vers un point
que j'avais appelé :

« Cap de l'oubli passager. »

Certains matins très tôt
quand la mer était calme
je nageais vers ce point.

Sans me retourner.

Je savais que sur terre
on revient sur ses pas.

Mais dans le sens de la nage
quand bien même on traverse des vagues
c'est sur soi qu'on revient.

Sur soi qu'on revient.

DANS SON BOL DE THÉ

Elle me dit qu'elle aime
regarder le reflet du ciel
ou celui de l'arbre
ou celui du rideau
dans son bol de thé.

« C'est la lumière qui fait tout »
me dit-elle souvent
quand elle me montre entre ses mains
l'image qu'elle fait trembler
en rides concentriques.

C'est l'instant rond qu'elle saisit là
le tableau d'une profondeur
qui dépend d'un nuage pressé
du soleil à travers la vitre
d'une ombre un peu penchée.

Je ne sais pas à quoi elle pense
dans ces moments-là
mais je crois moi aussi
à l'importance de ce qui passe
ou de ce qui s'arrête
dans un bol de thé.

ARRÊTER TOUT

On entendait parfois
le bruit de moteur
d'un petit avion.
Alors on arrêtait tout
pour chercher dans le ciel.

Un jour il y a longtemps
je t'avais parlé
« d'avions-de-grand-beau-temps »
et depuis
l'expression était restée
intacte entre nous.

Comme cet été dans le jardin
quand l'avion-de-grand-beau-temps
avait pétaradé
très haut.

Le moteur était reparti
avait pétaradé
s'était tu.

Une si belle matinée
en équilibre
quelques secondes.

Dans ma poche
je n'avais pas ouvert
les résultats
de ta dernière prise de sang.

PLUS LOIN

Et si j'allais plus loin
plus loin que la bouée jaune
plus loin que la balise
les rochers de la pointe
– et si j'allais plus loin ?

La pensée me traverse
de ne pas revenir
ne pas faire demi-tour
nager nager tout droit
– cette idée ce défi.

Pour toi qui dors encore
et qui avec ton corps
résistes à un courant
qui nous séparera
(toi aussi tu as peur)
je lance mes deux bras
je crawle avec mes jambes
respire d'un côté
et tire sur tout mon corps
– encore encore plus loin.

Pour toi qui dors encore
je nage ce matin
le soleil derrière moi
comme un qui veut gagner
– et se perdre avant toi.

L'OBJECTIF

L'après-midi je venais à vélo
en longeant le canal
où des pêcheurs pêchaient
des poissons que je n'ai jamais vu.

Au Centre de soins palliatifs
je regardais toujours
vers la fenêtre de la chambre 3
– celle du petit vase sur le rebord
avec ses fleurs des champs.

J'attachais mon vélo
je montais vite l'allée du parc
– ses grands arbres ce ciel si bleu
« le plus bel été » disaient les journaux.

Au début tu pouvais sortir un peu.
On te « débranchait ».
Nous allions jusqu'au banc
près de la mare aux poules d'eau
– « Une heure ! Pas plus ! » –

C'est là que nous sommes pris
sur notre dernière photo.

Je suis derrière toi.
Je t'entoure de mes bras.

On regarde l'objectif.

On ne s'était rien dit.
On savait bien ce qu'on faisait.
Pendant que c'était encore possible.

SUR LA PELOUSE EN PENTE

Et puis nos enfants
et nos petits-enfants
étaient venus te voir
cette fin d'après-midi.

Tu avais pu sortir dans le parc.
Notre fils avait porté
des fauteuils de jardin
sur la pelouse en pente
pas trop loin de ta chambre.

Le temps de cette sortie
on t'avait enlevé tes perfusions.
Les petits couraient sous les arbres
ramassaient des bouts de bois
s'amusaient à se cacher
– tu ne les quittais pas des yeux.

La journée avait été splendide.
Là-bas derrière les peupliers
on voyait des bateaux de plaisance
qui remontaient le canal.

Sur le chemin de halage
des cyclistes revenaient de la mer.

C'était la vie
en ce dernier mois d'août.
Qui passait. Qui filait.

Sur la pelouse en pente
nous formions avec toi
comme un cercle invisible.
Mais j'avais l'impression
que c'était toi – et toi seule –
qui nous entourais tous.

J'ÉTAIS LÀ

Je croyais pouvoir
ne jamais écrire sur ta mort
– question de pudeur
ou de dignité.

Pendant toutes ces années
– opérations chimiothérapies
hospitalisations urgences –
je t'avais accompagnée.
Toujours c'était toi
qui montrais la voie.

Terrible faiblesse de ma part :
aujourd'hui j'ai écrit.

J'étais debout
au pied de ton lit.
Ta respiration trop rapide
ta bouche entrouverte
tes yeux partis.

Et je comptais les trous
du bracelet en plastique
qu'ils avaient mis à ton poignet
lors de ton admission.

Je n'avais plus que cela
pour m'accrocher encore
à notre vie ensemble :
ton poignet
un bracelet
quelques trous.

Et ce poème maintenant
pour demander trop tard :
sentais-tu que j'étais là ?

LE BOUT DU MONDE

Je revenais seul
– mi-septembre –
dans notre maison du bord de mer.
J'avais fait toute la route
sous la pluie.

Combien de fois dans ce village
tu m'avais dit :
« Un jour il faudra s'arrêter
au petit restaurant ! »

Combien de fois pressé d'arriver
je t'avais répondu :
« Plus que dix kilomètres.
Allez on continue ! »

Mais aujourd'hui j'ai ralenti.
J'ai garé la voiture sur la place
près du restaurant.
J'ai respiré. J'ai marché.
Plein soleil maintenant.

AU BOUT DU MONDE
près de la fenêtre

c’est ma douleur qui s’est assise
en face de moi :
– « Un seul couvert ? »

L’urne et tes cendres
à l’arrière dans la voiture
étaient cachées
sous la couverture bleue.

À L'HORIZON

Je recopiais toujours
à la craie sur un tableau noir
au mur de la cuisine
les horaires des marées.

Le matin du 15 septembre
je m'étais levé
il faisait encore nuit.

Le sac à dos préparé la veille
n'était pas lourd.
J'avais pris en plus
ma serviette de bain
et mon appareil photo.

Je ne suis pas allé directement
au petit port
j'ai voulu faire le circuit
qui était le nôtre :
la plage la pointe la crique
et passer par le chemin
des chèvrefeuilles.

En haut du petit port
j'ai posé mon vélo contre l'arbre
où nous nous attachions.

Sur la plage à l'abri des rochers
j'ai sorti les cendres.
Je me suis mis en maillot
et j'ai marché jusqu'au bord.

Personne à l'horizon.

Le soleil se levait
la mer était basse
quelques bateaux étaient penchés
sur le sable mouillé.

J'ai fait ce que tu voulais.

Sur les photos que j'ai envoyées
aux enfants
on ne peut pas me voir
nager au loin.

CE PETIT TAS DE MOI

J'ai nagé très lentement ce matin.
La mer était un lac
pas un souffle de vent
et personne sur la plage.

La lune encore visible
belle et ronde au-dessus
le soleil – lueur orange –
du côté des marais.

J'ai nagé doucement
faisant glisser mes bras
dans l'eau claire de la baie
étirant tout mon corps.

J'ai nagé seul au monde
– le trait blanc d'un avion
comme souvenirs de nous
que je n'aurai jamais –

et sur le sable froid
ma serviette et mon pull
ce petit tas de moi
là-bas qui attendait.

LA LUMIÈRE ALLUMÉE

C'était le temps de mes retours de pêche
– la route de la côte sauvage
les lueurs de la presqu'île en face
les feux clignotants sur la mer
et les fenêtres de la maison.

La lampe du dehors s'allumait
(tu avais entendu la voiture)
j'apercevais ta silhouette dans la salle
ou – derrière – dans la cuisine.
« Toc toc » au carreau :
j'aimais quand tu te retournais.

C'étaient nos ombres dans le jardin
les soirs où tu avais arrosé
– l'odeur de l'été
du ciment de la terre
et de l'herbe mouillée.
Tu me disais : « Tu rouleras le tuyau ? »

C'étaient nos années étoilées
et nous marchions jusqu'à la plage
et nous restions assis
à regarder trembler le ciel.
C'était le temps disparu de mes nuits
le temps de la lumière allumée.

EST-CE QUE ÇA PEUT FAIRE UN POÈME ?

Est-ce que ça peut faire un poème
cette sorte d'image :
un homme allongé en haut de la plage
vers neuf heures du soir un cinq juin ?
Le soleil est encore haut – pleine face –
le ciel entièrement bleu
sauf un convoi d'étranges nuages plats
loin vers la gauche.
La mer est très calme – lisse.
Et l'homme vient de nager
il en a eu besoin de ce soir.
Maintenant il s'est assis.
Il a mis ses lunettes de soleil.
Un couple marche au bord de l'eau.
C'est tout.
L'homme pense qu'il ne devrait pas
penser à autre chose qu'à ce qu'il voit.
Qu'il devrait savourer cette douceur
cette soirée – sa peau est déjà sèche.
Il le fait.
Il regarde devant lui :
le Golfe à l'horizon
l'île bien nette
et sur sa droite les plages

les falaises rouges la baie.
C’est là qu’il vit maintenant.
Le couple a disparu
Il n’y a plus que l’homme.
Il n’a pas pris de carnet de crayon.
Il pense qu’il ne devrait pas
oublier cette phrase :
« Est-ce que ça peut faire un poème ? »
Il n’a pas envie de rentrer.

L'EXERCICE DE L'OUBLI

Tu m'avais dit :
« Le bain du petit matin
c'est se laver à l'intérieur. »
Je m'en souviens
parce que j'avais noté ces mots
sur un vieux carnet
que je viens de retrouver
au fond d'un sac à dos.

Je te revois me disant cela.
Tu prenais ton thé
devant la fenêtre de la cuisine.
J'avais nagé je venais de rentrer
le soleil ne passait pas encore
au-dessus du mur du jardin.
J'avais mis un pull
(c'est toujours après
qu'on a un peu froid).

Et puis la journée était partie
s'était enfuie
je ne sais plus rien de ce jour-là.

Je n'aurais pas voulu
retrouver ce carnet.

Aujourd'hui je voulais au contraire
écrire un poème qui se serait appelé
« l'exercice de l'oubli ».
J'avais trouvé le titre en m'endormant.

L'exercice a raté.
Je me suis souvenu.
Et il me restait des grains de sable
entre les pages.

CE QU’ON EST DEVENUS

En marchant sur la plage
j’ai pensé :
te donner des nouvelles.

Te dire que j’ai vendu
notre maison de ville
et que maintenant j’habite
ici toute l’année.

Que j’ai fait des travaux
mis des doubles vitrages
et de nouveaux volets
que le poêle à bois
chauffe toute la maison
qu’il y a eu de grosses tempêtes
que j’ai fait de longues marches
cet hiver dans le vent
que j’ai de nouveaux amis
que les enfants m’appellent
qu’ils viendront cet été
que je nage tous les jours
que je ne vais pas trop loin
que je m’occupe du jardin
que j’ai taillé le laurier

un peu plus bas qu'avant
que tes sculptures sont là
qu'elles me tiennent compagnie
que je ne suis pas toujours seul
que j'écoute le piano
de Didier Squiban
que je me suis remis à écrire
que tu reviendras dans mes poèmes
que je vais au petit port
que je regarde la mer
pour te dire à l'oreille
ce qu'on est devenus.

LE RAYON VERT

Je me souviens il y a longtemps
j'avais écrit un petit poème
sur le sable avec toi.
Il disait à peu près cela :

« Quand le soleil
disparaîtra
on cherchera
à l'horizon
un beau mystère
qu'on ne connaît pas.

On se dira
l'as-tu vu toi
l'as-tu vu toi
le rayon vert ? »

Et ce soir sur la plage
j'ai repensé à mon poème
derrière la mer
disparu avec toi.

Je l'ai complété
le voilà c'est pour toi :

« Peut-être qu'un jour
toi tu l'as vu
le rayon vert.

Peut-être qu'un jour
moi je le verrai.

Peut-être qu'un jour
on se dira
ce n'était que ça
ce n'était que ça

le rayon vert. »

ÇA TIENT À QUOI ?*

« L'écriture est une farce, au sens où elle est une illusion produite par le style, c'est-à-dire un piège. Mais "farce" aussi, au sens le plus culinaire du terme, une récupération d'éléments divers, de restes gardés, émiettés, amalgamés, assaisonnés pour en faire un plat tout neuf où ils seront délicieusement reconnaissables.
Toute œuvre se crée à partir de la mémoire, de son désordre où brillent les éclats minuscules des jours où l'on trouve les débris du vécu fuyant. »

Marie Rouanet

* Le Castor Astral, 2019.

LE SOLEIL ET L'ABSENCE

Je m'étais allongé sur l'herbe
au soleil du jardin
en septembre à Genève
milieu d'après-midi.

Yeux fermés j'entendais
le trafic de la ville
– voitures la grande avenue
les autobus une ambulance –

surtout le froissement des feuilles
les premières qui tombent
le vent monte du Rhône
l'air est chaud sur la peau.

Je pense à notre vie partie
à ma fille à mon fils
sans leur mère
dans la mer évanouie

et quand j'ouvre les yeux
je regarde le ciel
un avion le traverse
il vient de décoller.

Un ailleurs invisible
vibre tout près de moi :

on dirait une abeille
posée juste sur mon livre
à côté.

HOMME À L'ASPIRATEUR

C'est un homme
qui passe l'aspirateur
il est seul.

Il a ouvert en grand
la porte-fenêtre
de la salle de séjour.

Le soleil d'hiver
entre presque à l'horizontale
dans la maison.

On a du mal à croire
qu'on est en janvier
tant le ciel est bleu.

L'homme est en T-shirt
il a mis la musique plus fort
pendant qu'il passe l'aspirateur.

On croit reconnaître
du Chet Baker ou du Bill Evans
peut-être même les deux.

Sur le tapis l'ombre de l'homme
et celle de l'aspirateur
feraient une belle photo.

L'homme ne sait pas pourquoi
il éprouve cette sensation :
une tristesse pas triste.

Mon voisin se demande si l'homme
de l'autre côté de la rue
n'a pas quelque chose de moi.

LA PHOTO DE CHEZ NOUS

Voilà. C'était la dernière fois
que je refermais la porte
qui donnait sur la rue.

J'avais dit à la nouvelle propriétaire
que je lui laisserais les clés
dans la boîte aux lettres
et merci de me permettre
de dormir ici encore une nuit.

Les clés avaient fait toc
au fond de la boîte.
Impossible de revenir en arrière maintenant
impossible de remonter l'escalier
qui menait au jardin
de notre amour d'hier.

Je me revois sur le trottoir d'en face
je regarde notre maison les garages
les fenêtres – de droite à gauche
le séjour ton bureau la salle de bains.

Avant de tout quitter j'ai fait
– de la rue –
la photo de chez nous.

Aux feux de la venelle
j'ai vite tourné à gauche
et pris la direction d'ailleurs.

J'ai roulé sans m'arrêter
comme on remonte jusqu'au col
une fermeture Eclair de trente-cinq ans
pour se protéger du temps.

QUELQU'UN A TOUSSÉ DANS LE DISQUE

Hier je me suis passé et repassé
le CD de Keith Jarrett
enregistré en public
à la Scala de Milan en 1975.

Dans les deux premiers morceaux
on entend la voix de Keith Jarrett
qui – par instants –
accompagne ses improvisations
un peu comme le faisait Glenn Gould.
On ne peut pas dire qu'il chante
mais il est là – derrière –
avec sa voix.

Dans le troisième morceau
(une interprétation toute en délicatesse
de « Over the Rainbow »)
on entend – à peine perceptible
et venant de la salle –
une très légère toux.

C'est le passage que j'attends
le moment où quelqu'un

– j’imagine une femme –
a toussé dans le disque.

Je ne sais pas pourquoi
j’aime cette minuscule écharde.

Comme une présence
qui viendrait me dire « je suis là ».
Simplement.

ÇA TIENT À QUOI ?

Et voilà qu'assis sur le sable
après avoir nagé
j'avais regardé
– suspendu dans le ciel –
un tout petit nuage.

Il n'y avait plus personne
à cette heure sur la plage
le soleil était bas
juste en face de moi
j'avais mis mes lunettes de soleil.

J'avais posé mon livre
ne pouvant m'empêcher de regarder
le tout petit nuage
– il n'y en avait pas d'autre.

« Qu'est-ce que je peux faire avec lui
comment écrire ce que je ressens ? »

Le tout petit nuage ne bougeait pas.
Des mouettes étaient posées sur un miroir.
Pas un souffle.

Cela se passait dans mon carnet
de l'an dernier :

« 3 juin. Nage du soir. Un tout petit nuage.
Grand ciel bleu. »

Mon émotion est toujours là.
Je me demande
ça tient à quoi ?
ça tient à quoi ?

IL A PLU PENDANT LE FILM

« Il a plu pendant le film »
a dit une femme devant moi
à la sortie du cinéma.

Je me souviens de ses paroles
du trottoir mouillé
où le ciel à l'envers
se voyait dans les flaques.

Dans la rue j'ai retrouvé
cette émotion enfouie
depuis tant d'années :

me retrouver dehors
après la séance de l'après-midi
il fait jour encore
une partie du ciel
est complètement noire de nuages
et l'autre bleue d'hiver.

L'impression d'être un figurant
un peu perdu
d'avoir été absent un long moment
– mais de quoi ?

Les pneus des voitures
font voler des gouttelettes.

« Il ne se passe rien dans ce film ! »
a ronchonné l'homme.

J'ai regardé le couple s'en aller.
J'ai pensé à ma vie.

SILENCIEUX

Nous flânions sur le port.
C'était un très beau dimanche de mars
il y avait beaucoup de monde
aux terrasses des restaurants.

Je ne prêtais pas attention
à ceux qui marchaient derrière nous
mais je les entendais
qui parlaient qui riaient.

À un moment l'un d'eux avait dit :
« Moi je n'ai pas la mémoire
de mes émotions. »

J'avais ralenti.
Deux grands gaillards
à la carrure de rugbymen
nous avaient dépassés.

Trois mois plus tard
la phrase est venue me rattraper
un peu comme un coup de revolver
tiré avec un silencieux
dans un polar au cinéma.

On entend un petit pop étouffé
on voit sur l'écran un regard perdu
qui demande ce qui se passe
comment on a pu être touché
pourquoi ce petit trou dans la poitrine
alors que tout allait si bien.

Et je me dis aujourd'hui
qu'écrire des poèmes-émotions
c'est un peu se servir aussi
d'un silencieux.

LE VOILIER BLANC

J'ai maintenant en moi
l'image du voilier blanc
qui remontait le fleuve
ce soir-là après l'averse.

Nous l'avions vu au loin
apparaître dans la brume
quand le soleil faisait un disque
dans le ciel laiteux.

Le vent soufflait à peine
mais de façon continue
et la voile du bateau
était magnifiquement gonflée.

On aurait dit que le voilier
glissait sur l'eau
très vite filant
poussé par la marée montante.

À l'arrière de la cabine
ils étaient cinq ou six
assis de part et d'autre

immobiles
comme figés dans le temps.

Pas un bruit de moteur.
Pas une parole au loin.

Nous étions debout
sur le quai du petit port fluvial
seuls à voir passer
– fuyante –
cette étrange impression
qui nous ferait dire plus tard :

« Tu te souviens ?
On aurait dit un tableau de Hopper.
C’était le jour du voilier blanc. »

QUELQUE CHOSE DE SA VIE

« Est-ce que c'est le souvenir
qui fabrique le poème
ou le poème qui fabrique le souvenir ? »

C'était la question
que j'avais emportée avec moi
pour une marche le long de la plage
aujourd'hui après le déjeuner.

Ce n'était pas la première fois
que j'abordais le problème.
Le matin – pour une invitation dans une librairie –
j'avais relu certains de mes textes
et je m'étais dit :
« Je me souviens de ces instants
mais était-ce vraiment comme cela ?
Ce souvenir serait-il le même
si je n'avais pas écrit de poème ?
Et existerait-il encore ? »

De retour à la maison
j'avais continué de penser à la question
de la mémoire et de la poésie

et à la place de l'auteur
comme à celle du lecteur.

Sur mon vieux poste de radio
j'avais mis un CD de Supertramp.
Il avait de l'âge.
Le titre qui passait était « Downstream ».
Je ne sais pas pourquoi
je trouvais qu'il collait bien
avec ce que j'essayais de comprendre
quand on cherche à écrire en peu de mots
quelque chose de sa vie.

LA LIGNE DE PARTAGE DES EAUX

Nous avions parlé un soir
de la « ligne de partage des eaux ».
Sans doute à cause des inondations
et des images à la télé.

Elle m'avait dit que « le partage des eaux »
ferait un bon titre de livre ou de film
mais elle avait surtout imaginé
une « ligne de partage des sentiments ».

J'aimais bien son idée
mais pendant qu'elle me parlait
j'étais ailleurs.

Je revoyais la pancarte
au bord de l'autoroute :

LIGNE DE PARTAGE DES EAUX
MÉDITERRANÉE – ATLANTIQUE

J'aimais retrouver le panneau
quand nous conduisions notre jeunesse
l'été vers le sud de la France.

Je me souviens j'attendais ce moment
comme une sorte de seuil
une frontière qui nous ferait passer
« de l'autre côté ».

C'était il y a longtemps
mais l'énigme demeure.
À quelques centimètres près
on est entraîné d'un côté ou de l'autre
et les petits symboles dans les poèmes
sont des gouttes qui se noient
il n'y a plus rien à faire
le courant est trop fort :

ici les enfants dorment à l'arrière
la route a été longue
et une voix qui s'est tue
me dit :
« Je m'étais endormie.
Tu n'es pas fatigué ?
Tu veux que je prenne le volant ? »

SUR LA TERRASSE EN CRÈTE

On montait le soir
dîner sur la terrasse.

Personne n'y allait
sur la terrasse :
la mer était devant
la montagne derrière
les étoiles venaient
nous rejoindre là-haut.

On entendait le bruit d'une moto
la musique d'une taverne
un chien qui aboyait
souvent rien du tout.

La nuit allumait la route
de la presqu'île au loin.

Tout là-bas le ferry
allait bientôt longer la côte.
Il avait maintenant quitté
l'invisible port.
Il serait 21 h 20
quand on l'apercevrait.

Je pense souvent à cette image :
la silhouette du ferry
ses lumières dans la nuit

et nous
accoudés sous la lune
qui regardions partir
énorme et tout petit
un sentiment étrange

comme une fin de poème
qui continuerait
de l'autre côté de la page.

UN DRAP TIRÉ SUR MOI

Quand je ne dors pas
je conduis souvent les yeux fermés.

Couché dans mon lit
je suis comme ces skieurs en haut de la piste
qui – mentalement –
dessinent d'une main gantée
le tracé du slalom
avant de se jeter.

Me voilà au volant de mon passé
cette nuit sur la petite route
de la maison d'Ardèche.

Je revois tous les virages
les passages dangereux
et je retrouve facilement
la route que je n'ai pas prise
depuis quarante ans.

J'ai dépassé la maison brûlée
le plateau de chez Marcelou
le précipice de la Sereine.
Je n'ai rien oublié.

Bientôt je vais mettre
le clignotant à gauche
pour m'engager sur le chemin :
deux kilomètres dont j'ai gardé
les bosses les pierres les trous
au fond de moi.

C'est là que je me suis arrêté cette nuit :
pour faire durer le temps
d'avant qu'on soit séparés.

Je crois que ce poème
est un drap tiré sur moi.

SAIT-ON JAMAIS

Quand il est chez lui en fin de journée
l'homme écoute souvent « Open jazz » à la radio.

Aujourd'hui pendant l'émission
il pense aux grands musiciens
qu'il a eu la chance de voir en concert
quand il était jeune :
Duke Ellington – Thelonious Monk –
Memphis Slim – Martial Solal – Ray Charles
et surtout le Modern Jazz Quartet.

L'homme se souvient des noms :
John Lewis (piano)
Milt Jackson (vibraphone)
Connie Kay (percussions)
il ne retrouve pas tout de suite
le quatrième.

Il revoit la pochette du 33 tours.
La musique du film *Sait-on jamais*
créée par le MJQ :
Françoise Arnoul
son bras nu tombant hors du lit
elle regarde l'objectif.

L'homme va sur internet
il retrouve le morceau qu'il aimait tant
mais pas la pochette avec Françoise Arnoul.

Il clique sur « One Never Knows ».
Dans l'enregistrement il entend
le moment où le saphir est posé sur le disque
le craquement de l'aiguille sur le sillon
le silence tournant d'avant la première note.

Une vibration d'émotion le saisit.

Comme dans la salle de ses seize ans
quand il était allé à la Maison de la Culture
près du lycée
pour écouter le Modern Jazz Quartet
et rencontrer l'avenir
sans savoir qu'il viendrait.

JE T'AIME BIEN SUR CELLE-LÀ

Pour la soirée à la Maison de la Poésie
j'ai parcouru d'anciens recueils.

En me relisant je me disais
« C'est ma vie qui s'est passée »
et je revoyais tout.

C'était comme les diapos
qu'on regardait dans le temps.
On les projetait directement sur le mur
ou sur un écran
qu'il fallait dérouler et monter
sur ses trois pieds tremblants.

Je revoyais le carrousel
où l'on glissait les photos
pour faire tourner en rond
les petits carrés de sa vie.

C'était un peu ça mes poèmes :
des moments pris sur le vif
des silhouettes que j'aimais
avec en arrière-plan
un paysage de mer

de montagne de ville
et d'intérieur de soi.

Il y avait aussi la petite visionneuse.
On se la passait à tour de rôle
pour une diapo toute seule
qu'on enfonçait avec l'index
dans le boîtier.

Je pouvais dire :
« Je t'aime bien sur celle-là ! »

Mais cela ne durait qu'un temps.

La visionneuse a disparu
et je n'ai plus jamais regardé les diapos.

Sauf celles que je glisse aujourd'hui
du bout de mon stylo
dans la fente du présent.

LES SOUVENIRS OUBLIÉS

Voilà ce que l'homme a pensé cette nuit :
« Est-ce qu'on aura le temps
de devenir des souvenirs oubliés ? »

L'homme s'est levé pour noter la phrase
au dos d'un ticket de caisse
laissé sur la table du studio.

Au moment d'écrire le mot « souvenir »
il a hésité
entre le pluriel et le singulier.
Il a laissé le pluriel.

L'homme a vu la lumière du jour
monter doucement
en haut du volet.
Couché il a attendu
qu'elle devienne vive – presque jaune –
un trait en travers du lit.

Il avait fait un rêve dans la nuit.
Il s'était revu près d'une rivière
quarante ans plus tôt
avec ceux qu'il aimait.

Il avait complètement oublié
ces instants-là.

L'homme pense à tout ce qui s'est effacé.
À ce qui revient.
À ce qui ne reviendra jamais.

Il se tourne vers celle qui dort près de lui.
Il pense :
« Est-ce qu'on aura le temps de devenir
des souvenirs oubliés ? »

LE MAÎTRE DES DIGUES

Au volant j'avais vu la pancarte
au bord de la route :
« La Maison du Maître des Digues ».

Pendant plusieurs kilomètres
je m'étais fait un roman d'aventures
imaginant une sorte de mousquetaire
qui parcourait le marais
pour surveiller les canaux
le niveau des eaux les fossés
les digues.

À mon retour le lendemain
j'étais repassé devant la pancarte
mais maintenant c'était moi
le Maître des Digues.

Des images s'échappaient
des brèches de mon cœur :

une clé dans une serrure
c'est nuit noire je tâtonne
je tâtonne
le carillon d'une porte et

des livres des paroles des silences
(confidences)
un petit jardin dans le fond

la vitre d'un café au soleil à midi
le ciel bleu
la chaleur de l'automne
la douceur sur la peau
photos les yeux fermés
au petit déjeuner
le thé

toutes ces traces d'émotions
s'enfuient de mon poème
et je colmate ma faiblesse comme je peux :

se serrer un instant
se lâcher
et tout laisser filer.

QUELQUE CHOSE DE CE QUI SE PASSE*

« Les gens sensibles me comprendront. Et quant aux insensibles, ou peu sensibles, ce n'est pas pour eux que j'écris, heureusement. Et de toute façon, ceux-là ne lisent pas mes articles. »

Robert Walser

« [...] vouloir fixer quelque chose de ce qui se passe, oh quelque chose ? La moindre des choses, eh bien cette ambition-là est encore démesurée... Une attitude de Julie, un sourire, une fleur, un fruit, une branche d'arbre, une seule de ces choses me suffirait. »

Berthe Morisot

* Le Castor Astral, 2021.

LES QUESTIONS INVISIBLES

Je commence souvent mes poèmes
par des questions invisibles.

Je m'étais fait cette remarque
en feuilletant mon carnet
(des ratures des flèches des croix des traits
parfois un croquis une date
– un vrai labyrinthe).

J'avais relu :
« Sur le port de Hoëdic
les deux petites filles
en équilibre sur le parapet. »

Et j'avais revu
le bateau à quai
la passerelle branlante
l'heure du retour le soir
la belle journée passée sur l'île
(le marin ressemblait à Freddie Mercury)
et là-bas

les petites filles
en équilibre sur le parapet.

Elles secouent leurs serviettes de plage
les font claquer au vent
debout au bord du vide.

Le soleil ne voit qu'elles
c'est la fin de l'été
et le bateau s'en va.

La question invisible était :
j'ai soixante-sept ans
et j'ai le cœur chaviré
par l'image des deux silhouettes
qui font des signes
au bout de la jetée

– pourquoi ?

JE ME SUIS FAIT UN ROAD MOVIE

Hier au volant de ma voiture
je me suis fait un road movie
sur la petite route de la presqu'île.

Le grand soleil de février
les miroirs étincelants
des marais salants au loin
un vieux CD de Dire Straits à la radio
qui disait :
« Once upon a time in the west. »

Tout cela m'avait fait prendre
la direction d'un poème
où je me demandais
« Pourquoi suis-je tout à coup si heureux ? »

J'apercevais là-bas
la forme du château d'eau
les deux clochers du bout des terres
et le ruban de la mer
très net à l'horizon.

J'aurais roulé pendant des heures
sur la carte routière de mes pensées

pour ne pas perdre cette impression
cette chaleur au fond de moi.

On aurait dit la bande-annonce
d'un road movie où je conduisais
un peu de ma vie vers aujourd'hui
et vers une phrase de Julien Gracq
que je recherchais près d'ici.

Je l'avais retrouvée
une fois rentré chez moi
page 156 de *La Presqu'île.*

Je la recopie une seconde fois :

« Pourquoi suis-je tout à coup si heureux* ? »

* Julien Gracq, *La Presqu'île*, José Corti, 1970.

ALLER PLUS LOIN

J'avais gardé dans mon carnet
les paroles de cette femme
devant chez elle
au bord du trottoir :

« Vous me téléphonez ce soir
pour me dire que vous êtes bien arrivés ? »

La voiture avait démarré
elle avait disparu au coin de la rue.

On la connaît cette phrase
quand la voiture s'éloigne
et que derrière la vitre là-bas
on voit des signes de la main
qui laissent le cœur un peu bancal.

Ce n'était pas cela
qui m'avait troublé.

La question était de savoir
pourquoi un nœud dans la gorge
ou un grand vide en soi
ou un éclat de bonheur

peuvent surgir comme ça
à partir de presque rien.

Pourquoi dans les mots simples
d'une parole entendue dans la rue
des petits cadenas demandent
qu'on les ouvre.

Ils vous donnent une clé
ils vous disent :
à vous de vous en servir
il faut aller plus loin
au fond des mots
au fond de vous
aller plus loin.

Et je pense à la question du temps
traversé par la vitesse d'une phrase :

« Vous me téléphonez ce soir
pour me dire que vous êtes bien arrivés ? »

ATTRAPER CE QUI FUIT

Ombre et soleil
soleil et ombre
ombre et soleil
un vrai défilé de nuages blancs
depuis ce matin.

J'ai noté ça pour un poème
et le grand chêne d'à côté
les lignes droites des avions
les hirondelles en vol plané.

Et j'ai pensé que j'étais là
allongé sur l'herbe très verte
après le déjeuner
toujours vivant
toujours vivant.

J'ai eu envie de je ne sais quoi
sauf fermer les yeux
me rappeler cette phrase
autrefois de passage entre nous :
« Attraper ce qui fuit. »

Je me souviens nous regardions
le va-et-vient des mésanges bleues
qui chaque année

comme aujourd'hui
dans leur petit nichoir
– toujours intact si tu savais –

recommencent tout
recommencent tout.

FRÔLER

Dans la présentation d'un *Choix de poèmes**
de Constantin Cavàfis
je retrouve ces lignes qui me plaisent bien :

« Cette poésie-là nous atteint pour une large part en creux, pour tout ce qu'elle refuse. Séféris la qualifiait ainsi : "La poésie la plus anti-poétique que je connaisse." Ce n'était pas une critique. Cette poésie frôlant la prose, il le savait, est en même temps tout le contraire de la prose. Elle est poétique *autrement*. »

En relisant ça je revois la minuscule librairie
où j'avais acheté le recueil
dans une petite édition bilingue en Crète.

La jeune vendeuse était très brune.
Elle m'avait fait comprendre
avec un accent « anglais-grec »
qu'elle aimait la poésie
qu'elle n'en vendait pratiquement jamais
qu'elle était étonnée qu'un Français en achète
mais que mon choix lui plaisait beaucoup.
On avait ri.

J'avais aimé cet échange
et je crois que l'idée d'un poème
fait de petits bouts d'*autrement*
m'avait frôlé ce jour-là
en sortant de la librairie.

J'allais donc lire les poèmes de Cavàfis
me souvenir aussi
du sourire de la libraire
de sa petite boutique
et de celle d'à côté
où des maillots de foot pour touristes
(Real PSG Barça Juve
et – encore heureux ! – AEK Athènes)
étaient accrochés au plafond du ciel.

* Constantin Cavàfis, *Choix de poèmes,* traduit par Michel Volkovitch, Aiora Press, Athènes, 2015.

LE LIEN

Voilà ce que je voyais hier
par la vitre du Cap 270 :

un ciel très gris – uniforme –
avec à l'horizon
une belle trouée de lumière jaune
plongeante du côté des îles

un chalutier qui rentrait au port avant la nuit
– pas une vague calme plat –
et les goélands les mouettes

les mouettes les goélands
qui survolaient le sillage
quand d'autres étaient déjà posés
alignés sur le quai
attendant leur festin.

Dans le café – comme moi –
quelques consommateurs étaient silencieux :
une femme et son ridicule petit chien
un couple de marcheurs et leurs bâtons
– « deux chocolats chauds ! »

Dans la salle du fond
devant le comptoir
trois ou quatre habitués discutaient
sous la centaine de porte-clés
accrochés aux poutres du plafond.

Et il y avait la voix de Bashung.
Elle enveloppait tout ça :
le ciel la lumière le chalutier les oiseaux la mer
cette petite humanité dont je faisais partie.

Je me disais que c'était elle la voix de Bashung
qui faisait le lien entre mon regard
mes sensations mes pensées mes souvenirs
et cette espèce de profondeur
que j'éprouvais pendant ces minutes-là.

Oui c'était la voix de Bashung
ma poésie d'un soir
surtout la voix de Bashung
ce lien.

ÇA RESTE ENTRE NOUS

Je marchais près de chez moi
comme tous les jours le long de la côte.

Le soleil avait fini par se montrer
et vers midi la brume s'était envolée.
La mer était lisse et belle maintenant
– une caresse où quelques mouettes flottaient.

Je n'avais croisé personne
je me disais ils sont tous devant leur télé
ou dans les magasins de Noël.

Mais sur la plage du petit port
il y avait eu cette femme debout
avec un bonnet et un anorak bleu clair.

Elle regardait au loin
de l'autre côté de la baie
et elle écrivait quelque chose sur un carnet.

Par moments elle mettait son stylo
entre ses dents c'était étonnant
on aurait dit un bec pointé vers l'horizon.

Quand j'étais passé près d'elle
nos regards s'étaient croisés.
Elle m'avait souri comme l'air de dire
« Ça reste entre nous. »

Je crois que je lui avais souri aussi.

Elle avait une grosse natte blonde
qui s'échappait de son bonnet
et qui glissait dans le dos de l'anorak bleu.

Je m'étais fait un poème mental à partir de ça
en continuant ma marche.

Je ne sais pas quels mots la femme mordillait
entre ses dents quand elle n'écrivait pas
et qu'elle regardait au loin.

On en était peut-être au même point tous les deux.

LES PETITS BOUTS DE PAPIER PRÈS DU TÉLÉPHONE

C'est un peu long comme titre pour un poème
« Les petits bouts de papier près du téléphone »
mais c'est ce qui m'a troublé ce matin
quand j'ai voulu « faire la poussière »
– comme on dit.

J'ai donc enlevé ce qu'il y avait sur le meuble
(cinq tiroirs tout en hauteur) c'est-à-dire :
– la lampe pour mieux y voir
– le calendrier posé contre le mur
– le pot avec des crayons et deux ou trois stylos à bille
– une pile Duracell 9V sans doute fichue
– un trombone et deux pièces de monnaie
– une carte postale de Belle-Île signée Mary.

J'ai déposé tout ça à côté
sur la table avec la box
et mon vieux poste de radio-CD (increvable).

Il restait des bouts de papier
des feuilles écrites que d'un côté
(je me sers de mes brouillons de poèmes
pliés en quatre puis découpés

ou des mauvais tirages de l'imprimante)
pour avoir de quoi noter près du téléphone.

C'est là que j'ai retrouvé des mots
des noms des prénoms des numéros
des horaires de train ou d'avion
et surtout des espèces de dessins automatiques
– des traits des flèches des cercles entortillés –
dont je n'avais pas la traduction
et que j'aurais dû jeter depuis longtemps.

Je me disais c'est étrange quand on téléphone
cette manie de marquer des choses pendant qu'on parle
et qu'on écoute l'autre au bout du fil

ces figures qu'on laisse qu'on oublie
et qu'on retrouve sur des petits bouts de papier d'hier
tracés comme sur la glace d'un lac gelé

tel « Le Patineur » de Verlaine
superbement mis en musique par Léo Ferré
qui se termine par :

« Invisible de même aujourd'hui
Que sera-t-il advenu de lui ?
Que sera-t-il advenu de lui ? »

UN TRAIT D'UNION

J'avais été invité pour une lecture
et la libraire m'avait dit :
« Pour vous loger il y a le petit studio
au fond de la cour au-dessus de la partie *Jeunesse.*
Le seul problème c'est qu'il faut descendre
et traverser la librairie. Les WC sont en bas. »

Trois nuits à l'étage !
C'était le début juillet
le temps était magnifique.

Je me levais très tôt. J'avais les clés
je refermais la porte de la librairie
derrière moi.

J'enfourchais le vélo mis à ma disposition
l'air était encore piquant j'allais nager.
Nager. J'étais le seul.

Après le bain je prenais un thé
je discutais avec Sonia
(ma voisine sur la terrasse du café de la plage
– je lui avais demandé son prénom).

La nuit je me glissais au milieu des livres
même sans avoir envie de faire pipi.
J'en feuilletais quelques-uns.

Surtout j'avais de longs échanges
vers 3 ou 4 heures du matin
avec les goélands qui montaient la garde
près du nid de leur petiot
sur le toit d'en face.

Ils faisaient un ramdam du tonnerre
sous le ciel étoilé
je ne leur en voulais pas.

Le trait d'union de tout ça ?
La poésie peut-être
ce long pont invisible qui nous relie
les uns les autres
avec parfois des mots
des cris d'oiseaux
ou du silence aussi
quand on y pense.

LA POÉSIE SE SOUVIENT DE TOUT

Je marche beaucoup dans mes souvenirs
en ce moment.
Là c'est avec Georges Mounin.

Nous avons déjeuné à la maison
nous avons parlé de poésie – mais pas seulement –
et dans l'après-midi nous descendons en ville
en direction du théâtre.

Il fait beau c'est le printemps je suis jeune
(je raconte de mémoire)
on marche le long de l'hippodrome
on regarde les trotteurs et le bruit des sabots
on s'arrête sur un banc on a le temps.
Mounin a 70 ans
(on ne disait pas Georges Mounin à l'époque
mais simplement Mounin).

70 ans.
C'est mon âge aujourd'hui.
Et j'ai sous la main vos livres cher Georges Mounin
je les ouvre quelquefois
quand je me pose des questions sur la poésie
et vous y répondez souvent.

J'ai relu le chapitre « La poésie comme style de vie* »
et votre texte « L'Escargot » où vous écrivez :
« En regardant mon escargot (...) Surtout,
je m'en aperçois maintenant, je regardais le silence. »

Et moi sans le faire exprès
j'ai écrit tout à l'heure
« on regarde les trotteurs et le bruit des sabots ».
Je m'en aperçois maintenant.

Vous voyez – comme vous le dites aussi –
« la poésie se souvient de tout »

et je me souviens bien de vous.

* Georges Mounin, *Camarade poète* – tome 1 / tome 2,
Galilée-Oswald, 1979.

SAUVÉ

J'étais dans mon jardin.
Je venais de lire
La poésie sauvera le monde
de Jean-Pierre Siméon
« Printemps des poètes
Goncourt de la poésie 2016
Le Passeur éditeur ».

Je trouvais le titre plutôt excessif
quand :
Clic – (blanc) – clic clic – (blanc) – clic (blanc)
clic clic clic – (blanc) et ainsi de suite
pendant un bon moment.

C'était le sécateur de ma voisine Anne
de l'autre côté de la rue
qui tirait des petits traits dans le silence
de cette belle matinée bleue.

J'aimais entendre ce bruit de printemps
et apercevoir les cheveux blancs de ma voisine
(elle était encore jeune mais ça lui allait bien) :

clic – (blanc) – clic clic clic – (blanc) – clic clic –
(blanc)
derrière la haie d'en face.
Je l'avais prévenue d'ailleurs :
« Un jour je te ferai rentrer dans un de mes poèmes
– si j'y arrive – avec ton sécateur ! »

Voilà. C'est fait maintenant.
Avec mes mots tout simples
je n'ai pas sauvé le monde du désastre c'est sûr
mais peut-être une petite partie de moi
aujourd'hui malgré tout.

Malgré tout ?

TRÉSORS CACHÉS

Pour Cécile

Elle avait mis trois s à « ramassser »
dans le mail qu'elle m'avait envoyé.
J'avais tout de suite remarqué ce petit accident
– et je l'avais bien aimé.

J'imaginais une silhouette
sur la plage de Trouville
à marée basse penchée
qui mettait dans un petit sac en toile
ou dans ses poches
– non ! plutôt dans un petit sac en toile –
ses trésors de coquillages
et de pensées personnelles
à rapporter (deux p seulement)
le soir-même à Paris.

J'étais bousculé dans mes sentiments
parce qu'en lisant le message j'écoutais
« Tears Dry » (la version originale)
d'Amy Winehouse
et ça tanguait dans ma poitrine
entre bonheur et larmes
ou les deux enlacés.

Et il y avait maintenant :
un s en trop à ramasser
plus une silhouette sur la plage
plus le ciel de Trouville
plus moi devant mon écran
plus la mer au bout de ma rue loin de Paris
plus l'envie d'aller nager
plus la voix d'Amy Winehouse
dans l'album *Hidden Treasures*
et tout cela voulait devenir quelque chose

quelque chose que moi seul
pouvais tenter d'écrire
car moi seul éprouvais cette émotion
qui voulait peut-être dire au fond :
« Qu'est-ce qui fait qu'un poème vient
quand on ne l'attend pas ? »

MOI AUSSI

Je me souviens du jour de ces deux mots :
« Moi aussi. »
Je venais de les lire sur mon portable.

Je les avais emportés avec moi sous la douche.

Je m'étais levé plus tard que d'habitude
j'étais un peu malade j'avais mal dormi
– une allergie au pollen peut-être.

J'aurais aimé que la douche
sur moi dure toute la journée
elle me faisait du bien
avec ces deux mots : « Moi aussi. »

Dans mes pensées ils glissaient
en gouttelettes du ciel
trois syllabes
tout le long de mon corps
sur ma tête mon nez mes yeux qui pleuraient
mes épaules mon torse mes bras
mon sexe mes fesses mes jambes
jusqu'à mes pieds en bas.

Je m'étais dit qu'écrire quelque chose de moi
sous la douche avec ça
me demanderait pas mal de temps
et d'imagination surtout.
Se mettre à nu avec ses sentiments
dans la poésie d'aujourd'hui
n'est pas évident
je ne suis pas Cendrars
– et puis il faut économiser l'eau
pour la planète.

« Ce n'est rien ça passera »
je m'étais dit pour me rassurer
ce n'était pas la première fois
qu'une chose pareille me tombe dessus :
l'envie d'écrire un poème à partir de deux mots
et cette sorte d'allergie qui fait pleurer pour rien.

Mais il y avait le reste tremblant :
fermer le robinet prendre la serviette accrochée
s'essuyer un bon coup le corps la tête les pieds
ouvrir la fenêtre en grand
sortir de la salle de bains s'habiller
et se mettre devant une feuille de papier
repenser au souvenir du début de ce poème.
9 heures 21 minutes 57 secondes.
C'était précis comme heure pour se souvenir
– mais maintenant écrire quoi ?

ON AVAIT TELLEMENT RI !

On avait tellement ri tous les deux
quand je t'avais parlé de mon idée de créer
le premier *Festival de Poésie opaque.*

« Nous devrions chercher une ville d'accueil
– je t'avais suggéré –
de préférence au bord de la mer. »

L'idée m'était venue en te lisant
à voix haute sur la plage
et plus tard dans le jardin
des passages de poèmes
auxquels je ne comprenais pas grand-chose.

Même avec de la bonne volonté
je ne voyais pas ce que disaient
ces associations de mots
souvent prétentieux et rares.

Je pensais qu'un mode d'emploi
pourrait être remis à chaque spectateur
avant les lectures du futur festival
et qu'il faudrait envisager des thèmes
comme la *Poésie de l'Amour forestier*

le *Partage du vide*
ou la *Déchirure des cris muets.*

L'important était que personne
ne soit capable d'exprimer
le moindre sentiment
la moindre interprétation après les lectures
et de dire de quoi ça parle.

Je t'avais fait une belle démonstration
en te lisant des poèmes sélectionnés
et tu riais tu riais répétant
« Ça ne veut rien dire
je n'y comprends rien. »

Et c'était bien de penser que nos poètes
du premier *Festival de Poésie opaque*
trouveraient ridicule mon poème

– celui que je viens d'écrire
pour garder de ce jour-là
l'éclat de ton rire
resplendissant.

QUELQUE CHOSE DE CE QUI SE PASSE

Berthe Morisot avait écrit :
« Mon ambition se borne à vouloir fixer
quelque chose de ce qui se passe... »

J'avais lu ces lignes dans l'exposition
– nous y étions allés ensemble
cette belle matinée d'août.

Et voilà qu'aujourd'hui
deux mois plus tard
je cherche à rendre
ce qui s'était passé pour moi ce jour-là.

Devant les toiles je m'étais demandé
ce qui pouvait se jouer
entre Berthe Morisot et ses personnages ses modèles
au moment où elle les peignait.
Que faisaient-ils les uns les autres ce jour-là ?
Quels étaient leurs « rapports » ?
C'était quoi cette légère impression d'inachevé
– des moments tout juste épinglés –
qui se dégageait souvent des scènes représentées ?

Après l'exposition quand nous étions sortis
je me souviens d'un groupe de touristes chinois

en cercle autour d'une jolie guide rousse
– qui leur disait quoi ?
Je garde surtout l'image
du petit café ouvert sur la rue
où nous nous étions assis
l'un à côté de l'autre
comme deux écoliers sages
devant un jus de tomate et un café glacé.

Sur ton carnet tu dessinais en souriant
tes morceaux de pensées et de sentiments
avec tes crayons de couleurs.
Tu mettais parfois des mots dessous.
J'avais le droit de regarder.

C'était simplement ça mon ambition :
ne pas perdre cette sensation d'être là
à ma place en ce moment du temps
où « fixer ce qui se passait »
– dans un poème pourquoi pas ? –
pouvait être à la fois rien
et tout.

MOI CETTE FORME ASSISE EN TAILLEUR

J'étais descendu sur la petite plage
ce soir-là mi-septembre.

J'avais nagé une longue distance
(une bouée deux bouées trois bouées
les casiers loin du bord)

et je m'étais allongé au soleil
avec mon livre de Murakami.
Je voulais le terminer.

Au bout d'une demi-heure
je m'étais levé.

J'avais pédalé jusqu'à chez moi
je m'étais préparé un pique-nique
et j'étais revenu sur la plage
il était 19 heures 30.

Personne.

Je m'étais installé.
Le soleil mettrait une heure à peine
avant de disparaître.

Dans l'après-midi j'avais changé de carnet
recopié sur le nouveau
des choses de l'ancien
des notes que je voulais garder.

Parmi elles
une phrase de Jankélévitch
entendue une nuit à la radio :
« On commence éternellement. »

C'étaient ces mots
qui m'accompagnaient maintenant

– moi cette forme assise en tailleur
qui grignotait des bouts d'idées
de présent et d'avenir
devant les couleurs inouïes
du ciel et de la mer
avec le soleil qui glissait là-bas
un peu à droite de l'île.

Je me disais :
qu'est-ce que je peux faire
dans mes sentiments et ma vie aujourd'hui
sinon croire vraiment
que Jankélévitch avait raison.

LA DERNIÈRE PHRASE

i.m. Eric Holder

Il faut que je te dise Eric
j'ai lu une page de toi
l'autre soir en public.

J'ai pris dans *La Belle jardinière**
le passage où tu es à vélo
dans la campagne la nuit
tu pédales en suivant la ligne blanche
dans ton style que j'aimais.

Tu en avais du style
quand je relis ta dernière lettre
et je me rends compte
que nous n'avons jamais eu besoin d'internet
pour nous donner des nouvelles
ton encre est toujours bleue pour moi.

Dans l'enveloppe tu me parlais
de nos vies de nos douleurs de nos espoirs
– tu n'avais pas l'air d'aller mal.

La nouvelle est tombée juste après :
« Eric Holder est mort. »

Je recopie pour nous la phrase que j'ai lue
– c'est la dernière du texte :

« ... le bonheur, je ne sais pas, cette chose si ténue, / ce presque-rien qui palpite bleu, là, au creux de la main. »

* Éric Holder, *La Belle jardinière,* Le Dilettante, 1996. Éric est l'auteur de la préface de *Ces moments-là,* François de Cornière, Le Castor Astral, 2010.

J'AI DES GOUTTES SUR MES LUNETTES

Etrange cette réaction que j'ai eue
quand j'ai lu dans son message ce matin
« J'ai des gouttes sur mes lunettes. »

J'ai tout de suite aimé lire ça
au point de vouloir garder la phrase
pour un poème
– que j'avais eu envie d'écrire du coup !

Il fallait essayer de rendre
ce qui se passait en moi
je ne savais pas vraiment quoi.

Comme si des gouttes sur des lunettes
pouvaient devenir des petites questions existentielles
qui cherchent à se frayer un passage
en glissant dans le temps d'aujourd'hui
un nouveau jour de ma vie.

Oui rendre cette impression.
Regarder dehors
à travers de minuscules miroirs d'eau
– protecteurs –
qui donnent à la rue aux trottoirs aux passants

à la ville au ciel gris à tout le reste
un aspect légèrement différent :
un dehors intériorisé.

Imaginer après
le moment calme où l'on ôte ses lunettes
quand on les essuie avec un mouchoir en papier
dans un café où il fait bon
juste derrière la vitre.

On ferme les yeux un instant
on voit flou puis on regarde
les flaques le reflet des nuages
les premières feuilles mortes
et on trace des mots pour soi
du bout d'un index sur la buée
ou dans les pensées d'un carnet.

On pense à quelqu'un qui est loin
mais qui ressent peut-être la même chose
à partir d'une phrase toute bête
écrite ou lue
avec derrière comme une lumière
juste caressée
après la pluie.

« HAPPY HOUR »

Autrefois je me disais souvent
– comme une sorte d'exercice –
« Qu'est-ce que je vais garder de cette journée ? »

J'ai arrêté ce jeu
je l'ai plus ou moins remplacé
par la pratique de mon carnet
où je ne m'impose plus rien.

J'oublie de noter des choses
qui pourtant pouvaient l'être
elles filent entre mes doigts
– Qu'importe !

J'ai retrouvé :
« Qu'est-ce que c'est d'autre un poème
qu'un petit sac d'émotions mal fermé ? »

Je ne sais plus pourquoi j'avais écrit ça
mais ces mots me vont bien aujourd'hui.

J'ai pas mal de petits sacs en réserve.
Pour le moment les liens qui les ferment
sont bien ficelés.

Peut-être qu'un jour je les détacherai
si j'ai envie de retrouver
de beaux moments de ma vie.

Comme par exemple
l'arrière-salle du café hier après-midi
avec le bruit des clients et du bar
la musique country trop forte pour moi
et surtout les deux femmes
à la table d'à-côté.

C'étaient des habituées
elles attendaient l'« Happy Hour »
pour se prendre un cocktail
et six huîtres chacune.

Pour elles la pendule faisait exprès
de ne pas avancer trop vite.

Sur la banquette en cuir près de moi
un sourire et des mots de cahier
pourraient peut-être garder tout ça pour moi ?

SANS PLACE ATTRIBUÉE*

À Cécile

« – J'aime bien vos lettres, vous savez. Et dire que Naoko les a toutes brûlées. C'étaient des lettres magnifiques.

– Les lettres, ce n'est que du papier, lui dis-je. Même si on les brûle, ce qui doit rester dans le cœur reste, et, même si on les garde, ce qui ne reste pas ne reste pas. »

Haruki Murakami, *La Ballade de l'impossible.*

* Poèmes inédits (2020-mai 2021).

SANS PLACE ATTRIBUÉE

Elles tournaient dans le sens opposé
à celui des aiguilles d'une montre
les éoliennes avant Paris.

Par la fenêtre du TGV le paysage défilait.
Des lumières clignotaient en haut des éoliennes
la nuit allait tomber
le ciel était très clair.

J'avais eu envie de commencer quelque chose avec ça.

La banlieue maintenant
– immeubles tagués grillages troués –
et dans le compartiment où j'avais trouvé un siège
les passagers devant leurs écrans avec leurs écouteurs
(chacun pour soi dans la voiture 12).

« Sans place attribuée » sur mon E. billet
je ressentais le mouvement de ma vie
qui ralentissait avant l'arrivée en gare
– les aiguillages et le train qui tanguait qui grinçait.

Sur l'interminable quai
certains allaient marcher très vite vers la sortie

d’autres traîneraient derrière eux
de grosses valises de passé terminé.

Dans mon sac je n’avais pas pris grand-chose.
J’étais prêt à descendre de mon monde intérieur
pour déposer en bas de page
en attendant l’avenir
la trace de cet instant.

L'ESSENTIEL C'EST SE TOUCHER

J'avais recopié cette phrase de Pierre Morhange :
« L'essentiel c'est se toucher. »
Je l'avais bien aimée et le poème « Les mains »
– parmi tant d'autres –
dans le recueil *Le Sentiment lui-même*.

Je suis maintenant dans ma cuisine
assis à la table devant la fenêtre
avec ce livre et mon carnet où je retrouve des choses
que j'ai lues un jour et qui me parlent.

Il pleut à verse depuis ce matin
la table de ping-pong au fond du jardin est trempée
les gouttes rebondissent dessus
c'est comme un tableau qui bouge un peu.

Cette image et les mots du poète
se superposent étrangement dans mon sentiment.

Il y a la vieille table sans filet sous la pluie
il y a les poèmes de Pierre Morhange
il y a « L'essentiel c'est se toucher »
et j'interroge tout ça au fond de moi.

Parce que ça rebondit aussi
les gouttes les émotions les souvenirs le désir
quand on marche et qu'on se promène sous la pluie
avec quelqu'un qu'on aime.

On trouve une sorte de bonheur
à relier des choses très différentes entre elles
c'est mystérieux je sais et c'est souvent caché

comme deux mains qui se touchent
invisibles
dans une seule poche de manteau.

* Pierre Morhange, *Le Sentiment lui-même*,
Pierre Jean Oswald, 1966.

LE SENS DE MES IMPRESSIONS

Le soleil d'automne était bas en cette fin de journée.
Par la vitre du café je regardais l'ombre des gens
qui passaient dans la rue
– rien que les ombres.

Les silhouettes étaient projetées sur le trottoir
démesurément allongées par la lumière rasante.

Un drôle de monde traversait l'espace de mon regard :
un homme une femme se donnant la main
une petite fille sautillant
un groupe d'adolescents
un vieil homme avec une valise
et combien d'autres encore
tous déformés par l'angle du faisceau.

J'éprouvais de la tendresse
pour cette humanité bancale un peu ridicule
comme si les ombres étaient la réalité
comme si elles révélaient qui on était vraiment.

Pendant que j'essayais de mettre des mots
sur tout cela
il y avait la belle lumière du soir

les reflets orange à l'intérieur du café
du silence des paroles.

Une femme jeune – près de moi – dessinait.
Elle regardait dehors par moments.
J'aimais quand d'une main elle balayait sa page
doucement
après avoir gommé ses traits de crayon.
Parfois elle soufflait sur le cahier
en le tenant penché.

Surtout sa queue de cheval tremblait au-dessus
du vide
quand elle faisait ce geste.
Elle me donnait le vertige et je m'interrogeais
sur le sens de mes impressions.

LA NOTION DU TEMPS

Le voyage que c'est parfois
d'aller au cinéma en fin d'après-midi !
Ils ont regardé le programme les horaires
elle a dit « on pourrait aller voir ça »
et ils ont choisi la séance de 18 heures.

Ils vont à pied dans ma mémoire
ils marchent comme des lycéens
peut-être ils se tiennent par la main
(la laine de ses gants à elle
sur la peau de ses doigts à lui)
ils ne sont pas en retard
mais ils marchent vite il ne fait vraiment pas chaud.

Il y a du monde en ville et les cafés sont pleins.
Un peu avant la place ils changent de trottoir
à cause d'une palissade et d'un échafaudage
– depuis le temps qu'il dure ce chantier !

Il dit : « J'aime cette heure-là
il ne fait plus tout à fait jour
mais ce n'est pas encore la nuit. »
Le ciel est pur. Métallique.

« C'est bien de regarder le ciel avant d'entrer
dans le cinéma
et de perdre un peu la notion du temps. »

Ils choisissent un fauteuil en haut de la salle.
Il aime être là avec elle. Il la regarde de profil.
Il réfléchit à la formule qui lui est venue tout
à l'heure :
« La notion du temps. »

Sur l'écran il y a eu les bandes annonces
des prochaines sorties.
Jean Mineur est en 3D maintenant mais il est resté
le même.
Et c'est déjà le début du film.

Il se revoit au cinéma avec des personnes d'hier.
Ou tout seul.
La notion du temps pose sa main en douceur
aujourd'hui
sur le tissu de sa vie.

LE TEMPS S'ARRANGE

C'est un peu hier qui est encore là aujourd'hui
dans mon envie d'écrire.
Il a plu toute la matinée mais le ciel s'est dégagé
et je me suis dit : « Le temps s'arrange. »

J'ai des images de ce week-end
des bouts de souvenirs pas mélangés
les pièces d'un puzzle sur le côté
à réunir à assembler.

L'intérieur du petit restaurant
la collection de théières sur les étagères
la gentillesse de la patronne
(avec sa paire de Nike)
un carnet une trousse et des crayons
les commerces du quartier
une grosse fausse vache sur le trottoir
les poissonneries (je regarde les prix par rapport
à chez moi)
les lettres SOLDES sur les vitrines
ces nuages jaunes au-dessus des toits
le cinéma la petite salle
et un beau film *Le Photographe*.

J'aimerais suggérer aussi les scènes d'intérieur
une fois poussée la porte de l'immeuble
(il y a un nouveau code _ _ _ _ clic !)

Commencer par les bruits du dehors
qu'on entend allongés sur le lit :
des voitures qui glissent sur la rue mouillée
surtout les pas légers dans l'appartement du dessus
sur l'invisible parquet
et nos vies arrêtées
qui écoutent passer la vie.

C'EST PAS MAL TRISTE

Ils venaient de sortir de la librairie.
L'homme avait dit à la femme :
« C'est pas mal triste mais je suis sûr que ça te plaira ! »

Il lui avait donné un livre.
Elle s'était arrêtée devant la vitrine.
Elle s'était serrée contre lui
je revois son sourire.

Je les avais regardés partir sur le trottoir
dans la lumière penchée de cette fin de journée.
Ils se tenaient par la main.

Le sac à main beige sur l'épaule de la femme
était un petit nuage d'hiver
qui se balance encore dans mon souvenir.

Dans la librairie j'avais jeté un coup d'œil
à la table devant l'entrée
(les livres dont on parlait à la radio
ceux des invités de *La Grande Librairie*).

Je ne sais pas pourquoi j'étais sûr que le livre
qu'elle avait glissé dans son sac
n'en faisait pas partie.

Aujourd'hui à cause d'une parole notée dans mon carnet
j'ai revu toute la scène :

ils disparaissent au coin de la rue
avec leur histoire secrète
et un livre qu'ils gardent pour eux.

Rien que pour eux.
Hors du temps des autres.

Et je suis là avec mes mots
essayant de comprendre pourquoi
« c'est pas mal triste ! »
me parle autant d'amour.

LE PETIT BALCON

J'avais eu envie d'écrire quelque chose
avec l'image de la femme au balcon.
Je l'avais en tête depuis plusieurs jours.

Ce n'était pas la première fois
que je la voyais d'en bas
quand je pensais à elle.

Je levais les yeux
et sur le petit balcon elle était là
assise souvent
les soirs de ce début d'été.

Je ne la distinguais pas bien
avec les jardinières
qui donnaient des couleurs au tableau.

Elle devait lire un roman
peut-être dessiner ou écrire
elle portait un crayon ou une tasse à ses lèvres
(j'imaginais du thé).

Moi je tournais les mots dans ma respiration
mon pas ralentissait

je regardais une dernière fois là-haut
et je continuais mon chemin
en direction d'ailleurs.

Je ne ferai jamais
le portrait de « La Femme au balcon »
puisque je ne suis pas peintre.

Et c'est impossible de monter deux étages
pour lui dire
qu'elle est bien à sa place dans ce tableau
seule avec ses pensées filantes
dans le ciel immobile

avant qu'elle se lève
qu'elle rentre à l'intérieur
parce qu'il fait un peu frais
sur le petit balcon.

LA PASSERELLE

On voit le train arriver
quand on est sur la passerelle couverte de la gare.
Voies 1 2 3 4.
De là-haut on regardera les passagers
qui descendent sur le quai.
Ils marcheront en direction de la passerelle
où ils apparaîtront
soit à gauche
soit à droite
par l'escalier des voies 1 et 2
ou celui des voies 3 et 4.

C'est très mathématique au fond
d'attendre quelqu'un
(même quelqu'un qu'on aime)
un midi de février à la gare.

Au préalable il y avait eu le problème
de trouver une place sur le parking pour la voiture
prendre son ticket (gratuit la première heure)
rejoindre le hall par le grand escalier
lire le panneau des ARRIVÉES
être soulagé – le train est affiché « À l'heure » –
repérer le numéro de la voie
jeter un coup d'œil aux titres de la presse

au kiosque-Relay
marcher jusqu'au milieu de la passerelle
derrière la vitre il y a du soleil.

Se demander s'il vaut mieux attendre
à gauche ou à droite de l'ascenseur
se dire que dans quelques minutes
tout sera fini de l'attente
tout deviendra un souvenir à coller
une étiquette sur le passé

et sourire à la vie en se disant
qu'on peut toujours aimer attendre un train
qui est déjà arrivé.

UN POÈME ISLANDAIS

J'avais eu envie d'écrire un poème islandais.
L'idée m'était venue en marchant sur la plage
ce mardi de février il faisait 15°
un temps printanier.

Pourtant des images de congères de crevasses
m'avaient accompagné le long de la côte.
Des falaises noires tombant à pic dans la mer
des marins morts de froid dans leur embarcation
un facteur à cheval perdu dans le blizzard
un gamin transformé en glaçon.

J'avais complété le tableau
en prenant dans les romans de Jón Kalman Stefánsson
des odeurs d'alcool de poisson boucané
de tabac de laine mouillée
et de femmes invisiblement belles.
Je tenais mon sujet :
c'était possible d'écrire un poème islandais.

Sauf que ce n'était pas ce qui m'intéressait.
Ce que je voulais – je peux l'avouer aujourd'hui –
c'était creuser un tunnel
dans la belle poudreuse de mes sensations.

Une seule image suffisait :
une femme s'engouffre sous les couvertures
de ma mémoire
elle répète « j'ai froid j'ai froid »
en faisant « brrr brrr » avec sa bouche ses lèvres
tout son corps se met à trembler
et elle attend.

Alors c'est à moi d'écrire le moment
où le ciel se referme sur tout
avec l'image de la femme en creux
blottie
qui a gardé ses chaussettes
au fond du lit.

MÊME SI LA FIN EST TRISTE

J'ai reconnu hier soir à la télé
dans un vieux film de Claude Sautet
la plage où nous avons marché
– il y a deux semaines déjà.

J'ai eu le cœur renversé en regardant les images du film*.

« Nous avons eu de la chance » je m'étais dit.
Il avait fait beau pendant nos trois jours d'escapade
et c'est mieux pour un souvenir
quand il y a les couleurs du soleil sur la mer.

J'ai compté les années.
J'avais un peu plus de trente ans
quand le film était sorti.
Nicole Garcia était jeune Yves Montand presque
vieux.

À la fin du film il y a un gros orage d'été.
Tout le monde se met à l'abri sous les bâches
du petit parc d'attractions en haut de la plage.

Elle l'a quitté la veille.

On sent qu'il ne pense qu'à elle.

Il est trempé.
Sa chemise lui colle à la peau.
Et c'est tout.

Ce sont peut-être ces gouttes
qui m'ont rattrapé aujourd'hui
quand je pense à la dernière séquence
aux personnages de l'histoire
et à ce que je veux garder :

cette légèreté grave qui fait sourire
même si la fin est triste.

* *Garçon !*, film de Claude Sautet (1983).

MES PETITES VAGUES D'ÉMOTIONS

Je sens quand elles arrivent
mes petites vagues d'émotions.
Souvent je sais pourquoi elles me touchent
mais parfois je ne les comprends pas.

Ce carré de soleil sur la façade de l'immeuble
ce râteau oublié au fond du jardin
l'ombre du vélo pendant que je pédale
ou cette odeur d'herbe mouillée ?

Je m'enferme dans des essais d'explications
mais je ne trouve rien
alors je laisse filer.

Comme les lettres LA PISCINE
en grand sur le mur – j'y pense encore –
quand nous nagions dans la piscine de l'hôtel
nous étions les seuls à cette heure-là
nous nous touchions parfois
en faisant nos longueurs.

Mais le premier I de PISCINE n'était pas droit
(une vis qui le fixait avait dû partir
du coup il penchait vers la gauche)
et il y avait en même temps ses cheveux

qui flottaient à la surface comme une fleur qui respire.

J'étais ému par ces deux choses réunies
j'aimais les voir ensemble.
Elles avaient en commun peut-être
d'être libérées
de ne tenir à presque rien

sauf à ma propre fragilité.

À BIENTÔT !

Et tout peut basculer.
En quelques jours quelques secondes
le temps l'espace ont changé de dimension.

À la radio à la télé dans les journaux ou sur le net
les animateurs créent leurs émissions du confinement
« pour venir en aide ».

Des écrivains rédigent des lettres
des poètes des paquets d'haïkus
il y a des vidéos sur YouTube
des chansons au Journal de 20 heures
des paroles d'hommes politiques et de psycho-spécialistes.

Ceux qui soignent et qui réparent
ou bien qui meurent
n'ont pas la chance de se confiner.

Je suis comme d'habitude devant ma fenêtre
assis à la table avec mon carnet.
J'ai confiné dedans
des réserves d'émotions d'hier et d'aujourd'hui.

Je m'y plonge pour tenir le cap
je tâtonne un peu
mais je reste seul avec mes sentiments.

Je pense à celles et ceux que j'aime
et même à ceux que je ne connais pas
et je me tais.

J'entends surtout
cette incroyable respiration
quand à la fin de son annonce sur son répondeur
sa voix de petite fille me dit : « À bientôt ! »

Le 30-03-2020.

UN PETIT DÉJEUNER D'HÔTEL

Il n'y a pas beaucoup de clients l'hiver
dans la salle du petit déjeuner.

Elle est assise
dos à la fenêtre qui donne sur la rue.
Au bout de la rue il y a la mer
je vois que le ciel est dégagé. Lumineux.

Le buffet est derrière moi
il est très copieux
c'est un petit déjeuner d'hôtel.

Elle est allée se servir deux fois
avant de s'asseoir à la table.
À côté de sa tasse de thé
son assiette est une palette de peintre :
il y a du jaune du rouge de l'orange du blanc.

Elle prend tout son temps.
Ses cheveux sont encore en sommeil
et j'aime bien.

Elle lit un journal
qu'elle a pris sur la table basse
au bas de l'escalier près de la réception.

J’aime encore le partage qu’elle fait
entre ce qu’elle boit ce qu’elle mange
sa façon de lire un article du *Figaro*
et ce à quoi elle pense pendant tout ce temps.

Ce à quoi elle pense.

Voilà tout ce que j’aurais aimé donner à voir.

Mais je me suis souvenu de ces paroles de Denis Roche
que j’avais notées dans mon carnet
moi qui n’écris toujours qu’après coup :

« Le photographe est toujours là
quand il prend la photo. »

COUPE AU CARRÉ

Je ne suis pas vraiment sûr
de l'avoir vue sortir de chez le coiffeur
celle que je décris dans cette petite scène urbaine.

Mais rien qu'à sa démarche
à sa façon de se regarder de biais
dans une vitrine un peu plus loin
(elle a ralenti elle a tourné la tête
mouvement flottant de ses cheveux
à gauche à droite vite)
son sourire ne fait pas de doute :
elle s'aime bien comme ça
– coupe au carré.

Les mèches par terre dans le salon
sont déjà balayées
ses cheveux sont plus courts
libres détachés
et nous nous croisons dans ce poème.

Il n'y a que cela.
Ma scène urbaine a duré trois fois rien.

Dans mon carnet j'ai beaucoup
de mèches coupées pareilles

des choses des sensations des images
qui peuvent être oubliées
mises en petits tas

ou revenir parfois
renaître même
en fonction des saisons des envies
ces jours où l'écriture donne
des coups de ciseaux au temps

pour qu'on se sente plus léger
plus léger
– coupe au carré.

CE QUI SCINTILLAIT

Il faisait encore très doux à 21 h 30
au début du récital*.
Pas un souffle. Une belle soirée d'été.

Nous avions dû garder nos masques
– nous deux assis sur nos chaises séparées
et d'autres plus loin en pente sur les pelouses du parc.

En fond de scène : la façade de l'église romane.

Parfois des pigeons roucoulaient
et quelques plumes volaient
qui descendaient du ciel.

De l'autre côté des remparts
des motos dans la ville passaient pétaradant.
Le silence revenait.

Nous étions ailleurs : il y avait la pianiste.

J'aimais comme entre chaque morceau
elle s'installait au bord de son tabouret
tirant délicatement sur les plis de sa robe
au dos croisé de rouge.

Avant de poser ses doigts sur les touches
elle marquait un minuscule temps d'arrêt.
Tout était suspendu.

On aurait dit qu'elle invitait pour nous
ceux qu'elle allait interpréter :
Beethoven Liszt Ravel Chopin.

Je regardais les étincelles de sa barrette
dans ses cheveux longs.

Pendant qu'elle jouait
la barrette captait et renvoyait
quelque chose d'autre que la lumière des projecteurs.

Ce qui scintillait dans l'air de cette nuit d'août
n'a sans doute pas de nom.

Mais j'avais tant aimé que tu me dises
dans l'allée du château après le récital :
« Tu as vu sa barrette ? »

* Récital Michèle Gurdal – Piano. Dans le cadre du « Festival Sérénade », le vendredi 7 août 2020, à Surgères.

LES SOUVENIRS SECONDAIRES

Hôtel de la Gare.
Par la fenêtre de la chambre : un terrain vague
la voie ferrée et des grillages.
J'avais dit : « On dirait le décor
d'un film de Wim Wenders. »

La gentillesse des gens de l'hôtel
une attention dans tous leurs gestes.
C'étaient leurs yeux qui souriaient
à cause des masques obligatoires.

Je revois la petite table sur le trottoir
devant la librairie de mon amie.
On attendait qu'elle soit à l'ombre
et puis nos tasses de thé notre cahier
tu aimais la couleur des volets.

La canicule dans le marais
canaux à sec 40°.
Nos corps couchés sur l'herbe
les peupliers en haut du ciel.

Le Grand Café les Halles
les belles soirées les robes d'été
le dessin d'un poney sur un pilier

le festival des martinets
des musiciens une guinguette.

Et la voiture vitres baissées jusqu'à la mer
les vieilles villas de cartes postales
le sable sur la digue
et la terrasse Bar de la Plage.

Je pense à l'expression « Les souvenirs secondaires »
notée un jour dans mon carnet.
Je ne sais plus de qui elle est
et pourquoi je l'ai gardée.

Mais je la choisis comme titre
pour ce poème primaire.

Et je m'amuse un peu avec ce qui me plaît d'écrire
– comme des clichés tout simples
sur cinq jours de ma vie.

DES IMAGES EN MOI

Dans le train dimanche.
Peu de voyageurs.
Début d'après-midi.
J'étais seul dans le compartiment.

Je regardais le paysage qui défilait.
Le niveau de la Loire était très haut.

Nuages et soleil. Rafales de vent.
Ombres glissantes comme des mains
sur les champs les arbres le fleuve
et sur des images en moi.

Deux silhouettes dans le reflet des rues
ou assises au fond d'une brasserie.
Petits restaurants (libanais ou indien).

Une boutique vendait des carnets
des cahiers de voyage fermés par un élastique
avec des enveloppes collées dedans
pour garder des secrets bien à l'abri du monde.

Ou plus loin dans un café près du port
un homme renverse son verre en jurant

deux jeunes femmes se parlent en anglais
pourtant elles sont Françaises.

Et au bout de ces séquences
il y a la pluie qui tombe à verse
(on l'entend toute la nuit)
le continent d'une petite chambre sous les toits
où un geste simple et doux
– une caresse de prénom sur la joue –
transforme l'instant qui passe
en une goutte d'éternité perdue
comme dans un film japonais.

PORTRAIT DE CELLE QUE JE NE VOIS PAS MAIS QUE J'ENTENDS CHANTER DANS LA SALLE DE BAINS

Le titre était venu tout seul.
Il était trop long mais je l'aimais bien.
Je le répète :
« Portrait de celle que je ne vois pas
mais que j'entends chanter dans la salle de bains. »

Elle avait dit :
« Je me lève je vais prendre ma douche. »
Et pendant que je traînais dans la chambre
je voyais toute la scène :
la buée sur la glace au-dessus du lavabo
(elle n'ouvrait pas la fenêtre elle avait toujours froid)
l'eau en ruisseau sur ses cheveux sa peau
derrière le rideau blanc tiré.

Surtout je l'entendais chanter
fredonner quelque chose pour elle seule
quelque chose de léger et de gai
dans le matin d'une histoire.

La porte de la salle de bains était ouverte.
J'aurais pu aller la voir

lui tendre la serviette accrochée
(la rose et blanc rayée).

Mais j'avais préféré laisser cette distance entre nous
pour faire ce portrait que je trace aujourd'hui
en pointillés de mots
comme les notes heureuses qu'elle avait dans la voix
ce jour-là
dans la salle de bains.

EN CONTRE-PLONGÉE

Il faisait froid ce samedi de janvier.

Elle avait posé son sac
au milieu du grand escalier de pierre
son sandwich à la main.

Les nuages s'étiraient
comme une écharpe grise
au-dessus de la cathédrale.

« Un peu plus sur ta gauche !
C'est bon. Tourne un peu la tête ! »

J'aimais comment elle avait enfoncé
son bonnet de laine sur son front
à la limite de ses lunettes.
Ses cheveux s'échappaient par derrière
et flottaient dans l'espace.

Deux photos sur mon portable.

J'aurais aimé saisir en mots
l'instant de la deuxième photo
quand elle s'était retournée
la bouche pleine et le regard moqueur.

Le sandwich m'avait semblé essentiel dans l'histoire
comme si des miettes de rien du tout
avaient un rôle à jouer
dans l'art de retenir une émotion
de « garder quelque chose »

avec en haut des marches
la monumentale perspective
du temps qui s'arrête une minute
et qui file pour toujours.

PEINDRE ÉCRIRE

J'ai encore l'image
devant la porte de son immeuble
un dimanche de septembre à Paris.

Il est 19 heures. Le ciel est clair.

Elle a posé à ses pieds un gros sac de voyage.
Gardé en bandoulière un autre plus petit.

C'est le moment où elle compose le code
pour ouvrir la porte.

Je pense à la phrase de Courbet
« Je peins ce que je vois »
moi dans mon poème je vois ce que j'écris.

Elle rentre de week-end.
Elle porte une robe d'été
et des sandales légères.

Son pull en laine sur ses épaules
elle a dû l'enlever en sortant du métro.
Elle a marché jusqu'à chez elle
il fait très beau.

Elle a « pris des couleurs »
– l'expression la fait sourire.

Ce qu'il y a dans ses sacs
ce sont ses secrets son histoire
ses projets sans doute.

Elle pense peut-être à une dernière balade
en allant vers la gare
à ces villas qu'elle aime
avec leurs bow-windows
– ce côté « bord de mer ».

La porte de l'immeuble s'est refermée.
Elle a monté l'escalier.
Elle a mis sa clé dans la serrure de son appartement.
Où elle a sa vie.

UNE FINE COUCHE DE BONHEUR

Il pense au bruit que font les pas
sur une fine couche de neige.

Le bruit s'écrirait *crr crr crr*
dans une bande dessinée
mais comment faire
si l'on veut rendre – en plus du bruit –
ce qu'on ressent à ce moment-là ?

Chez lui au bord de la mer
il n'est tombé que deux ou trois flocons.
Alors il imagine la neige à Paris par exemple.

Elle vient de pousser le portillon
du jardin public.
Personne n'est passé par là ce matin.

Tout est blanc
sans aucune trace de pas.

Elle aime voir la neige.
Les allées les pelouses
les bancs les arbres et les toits tout autour.
Une mince épaisseur suffit.

Elle pose un pied. Puis l'autre.
Elle regarde ses empreintes.
Elle a des souvenirs.
Mais c'est le bruit surtout
qui ouvre un chemin en elle.

Devant sa feuille alors
l'homme se dit qu'écrire un poème
a vraiment peu d'importance
à côté du bruit que font ses pas à elle
sur la fine couche de neige
qui la rend heureuse.

LA SECOUSSE DU DÉPART

Il finira par disparaître ce dernier réflexe.
Mais il était encore là aujourd'hui
dans :
– une tablette de chocolat noir
aux écorces d'oranges confites
– un beau livre de photos sur Copenhague
– une boîte de feuilles de vignes farcies
achetée dans un petit restaurant libanais
– une jolie carte-postale que j'ai failli choisir
pour elle à la Maison de la presse
– le bruit des souvenirs mouillés
qui tournent dans la machine à laver
– une chanson du groupe Catastrophe
entendue ce matin à la radio
– l'image d'une femme de dos
qui marche dans un jardin exotique
– une courte et joyeuse vidéo
sur l'air de « I Will Survive »
un soir avant Noël
– le mur peint à Angers devant le cinéma
avec les paroles de la chanson de Rezvani :
 « Puis on s'est séparé
 Chacun pour soi est reparti
 Dans l'tourbillon de la vie »
– et ces mots (écrits un soir dans le train)

retrouvés dans mon carnet :
« La secousse du départ. »

Cela vaut presque un sourire
quand les premières hirondelles passent
déchirant le ciel
de leurs petits cris de ciseaux.

Mai 2021.

CARTE D'IDENTITÉ POÉTIQUE

François de Cornière est né en 1950 à Caen. Il a presque toujours vécu dans cette ville jusqu'à son départ pour la Loire-Atlantique, où il habite désormais avec « la mer au bout de sa rue ». Tous les matins, dès son réveil, il va nager pour « se laver à l'intérieur », comme il l'écrit dans son livre *Nageur du petit matin* (Le Castor Astral, 2015), ce qui ne l'empêche pas de retourner souvent nager le soir !

Après des études de lettres au lycée Malherbe et à l'université de Caen, il enseigne le français à Vire, au Maroc (au titre de la coopération) et à Caen. Il quitte bientôt l'Éducation nationale et met en place le Service d'Animation Culturelle de l'Université de Caen (1977-79) avant de devenir animateur des Foyers du Théâtre de Caen en 1980. Il rejoint ainsi le lieu qu'il fréquentait assidûment lorsqu'il était lycéen, du temps où ce théâtre était une des toutes premières Maisons de la Culture de France. Il consacre d'ailleurs deux livres à ses souvenirs caennais, *J'ai beau marcher* (L'Échoppe, 1998, et Isoète, 2006) et *Caen, des pages, des pas* (Atelier du Gué / Au Brouillon de Culture, 1994 et 2005). Parmi ces souvenirs, il y a bien sûr des références littéraires ou artistiques (sa découverte du jazz), mais aussi sportives, comme celles des matches de football du Stade Malherbe Caennais, la seule équipe de foot portant un nom de poète, qui a tenu une grande place dans l'enfance et l'adolescence de François de Cornière, comme le montre son livre *La Surface de réparation* (Le Castor Astral, 1997). Il en sera de même pour la pêche (la truite) du temps où il passait ses mois d'été, avec sa femme et ses enfants, dans une maison très isolée en Ardèche. L'histoire de cette maison devient un récit, *La Terre Ronde* (Atelier du Gué / Au Brouillon de Culture, 1994 et 2001 – Prix de la Ville de Caen). Il y a aussi la pêche du bar au lancer (son livre de chroniques balnéaires et estivales, *Boulevard de l'Océan,* est édité chez Seghers en 1990 et au Castor Astral en 2006, puis en 2021 avec des dessins de Valérie Linder). À la fin de ses études secondaires, François de Cornière découvre la poésie d'Apollinaire grâce à un professeur de français, Daniel Lefèvre, poète lui-même, qui plus tard devient un ami.

Lorsque, étudiant, il obtient un petit boulot en tant que « moniteur » à la bibliothèque de l'Institut de Français, il ouvre des recueils de « poètes contemporains » et quelques revues de poésie, comme *Action Poétique, La Tour de Feu, Les Cahiers du Sud*, etc. Une révélation ! Il se demande encore ce que faisaient ces livres à l'université ! Viennent ensuite des lectures, l'envie de creuser cette poésie dont la nouveauté est surprenante, bien vivante. Des essais d'écriture. Quelques poèmes envoyés ici et là... Et assez vite les encouragements de certains, comme Guillevic, Jean Rousselot, Luc Bérimont, ou Georges Mounin. L'idée de créer sa propre petite revue de poésie est née... C'est *La Corde raide* (format A4 plié en 4), dont le slogan est « la poésie comme une lettre à la poste ». Des heures le soir, après le travail, à taper à la machine les poèmes reçus, la ronéo ou la photocopie, l'agrafeuse, les timbres, les enveloppes, les envois, les collaborations, de belles amitiés qui naissent, avec des auteurs connus ou inconnus qui envoient leurs textes à cette minuscule revue : Jean L'Anselme, Georges L. Godeau, Pierre Autin-Grenier, Alain Malherbe, Jean-Claude Martin, Jean-Pierre Georges, Patrice Delbourg, Michel Baglin et tant d'autres. *La Corde raide* dure une petite dizaine d'années et la corde est coupée avant qu'elle ne rompe à cause de l'usure. Une belle histoire !

C'est ensuite une autre aventure, tant personnelle que professionnelle. François de Cornière publie plusieurs recueils de poèmes au Dé bleu de son ami Louis Dubost. Il obtient le prix RTL / Poésie 1 pour son recueil *Tout doit disparaître* (1984) qui est ensuite édité au Québec par les Écrits des Forges de Bernard Pozier. Toujours au Dé bleu paraissent ensuite *Tout cela* (1992 – prix Apollinaire et prix Georges-Limbour), *Des cailloux qui flottent* (1994), et *C'était quand ?* (1999). Le Dé bleu cesse ses activités, et François de Cornière cesse d'écrire pendant une quinzaine d'années.

En effet, il est plutôt débordé par son travail dans les foyers du Théâtre de Caen, et par la création des lectures publiques qu'il met en place progressivement. D'abord en collaboration avec l'association le PAVÉ de Christian Dorrière ; puis en créant une structure associative, les Rencontres pour lire en 1980. Il imagine des lectures-spectacles, avec des textes lus, livre en main, par des comédiens « qui lisent », accompagnés par des musiciens qui composent une musique originale et l'interprètent sur scène, avec un léger décor en correspondance avec l'univers de l'auteur, le tout en présence de celui-ci. Progressivement les Rencontres pour lire gagnent un public incroyable, à Caen, et ensuite en région, et hors région. Les salles sont remplies, la Salle Georges-Brassens, puis le petit théâtre Puzzle, à Caen, qui affiche toujours complet (cent spectateurs chaque soir pendant une semaine pour venir découvrir un auteur souvent peu connu, voire inconnu du public, dont les livres sont vendus « dans la foulée » par le libraire « de service »). La fin des Rencontres pour lire a lieu au Théâtre de La Renaissance, à Mondeville, en décembre 2009, c'est la « Der des Der », plusieurs centaines de spectateurs pour deux soirées d'adieu, en présence de nombreux auteurs et de toute l'équipe des Rencontres, sous le regard du poète ami Jean Rivet, président de l'association pendant toutes ces années. Parmi les écrivains ayant participé aux Rencontres, François de Cornière évoque des poètes comme Norge, Claude Roy, Georges Haldas, Jacques Réda, Gil Jouanard, Andrée Chedid, André Velter ou Charles Juliet, et des auteurs de textes courts comme Paul Fournel, Annie Saumont, Marie Rouanet, Jean-Noël Blanc, Alain Demouzon, Philippe Delerm, François Bott, Dominique Barberis, Béatrix Beck, Hervé Le Tellier, Claude Bourgeyx, Éric Holder ou Dominique Fabre, et des auteurs à redécouvrir comme Georges Hyvernaud, Henri Calet, André Hardellet, C.F. Ramuz, Jean Follain, André Dhôtel, Octave Mirbeau et beaucoup, beaucoup d'autres.

François de Cornière se remet à écrire après avoir quitté Caen en 2013, suite au décès de sa femme Sophie. Il adresse quelques poèmes à la revue *Décharge* (à laquelle il participe depuis régulièrement) et, encouragé par Jacques Morin, il écrit *Nageur du petit matin* (2015). *Ça tient à quoi ?* (2019) et *Quelque chose de ce qui se passe* (2021) sont aussi édités au Castor Astral. Dans ses derniers livres, il tient une sorte de « journal de sa vie en poèmes », avec le souci d'être lisible, même par les « non-poètes », dit-il. Il y glisse ses émotions, ses moments de joie, de regrets, de bonheur, de déceptions, d'espoirs, de questionnements, d'amour... De rencontres (encore !). Sa poésie est une « poésie de la vie réelle » a-t-on pu lire ici ou là. Ça le fait rire, François, une telle formule, mais il l'aime bien ! Lui qui a imaginé un jour créer « le premier Festival de Poésie opaque » (et il était heureux de partager cette idée farfelue avec le « sourire resplendissant » de celle qui l'accompagnait) sait bien qu'il n'a pas sa place dans un tel festival et qu'il n'y sera jamais invité !

« La poésie que j'aime, dit-il, est une poésie qui part d'une émotion. Elle n'est pas du tout intellectuelle ou cérébrale. Et j'essaie de rendre cette émotion particulière avec les moyens dont je dispose : je note ce qui m'arrête sur mon petit carnet, un mot, un bout de phrase, un morceau de chose vue tout de suite ou resurgie de la mémoire, j'observe, j'écoute, je m'interroge... et, avec des mots ordinaires, il faut que je me débrouille ! Mon travail d'écriture débute alors. Mais tout commence par ce que je vis, tout simplement. Pour moi, comme l'écrivait Remy de Gourmont : "Je n'aime à écrire que ce qui frappe directement mes yeux" et "Il n'y a pas de petits sujets, les choses sont ce qu'un esprit les considère".

Dans le même ordre d'idée, j'aime des écrivains, poètes ou prosateurs comme Georges Haldas, l'auteur de *L'État de poésie* (L'Âge d'Homme, 1981), que j'ai eu la chance de bien connaître et rencontrer plusieurs fois à Genève ou à Caen. Il parle de "l'étincelle qui met le feu aux poudres intérieures" pour évoquer ce déclic particulier qui est à l'origine de l'envie d'écrire à partir d'un moment de vie parfois très quotidien. C'est aussi ce que j'apprécie encore chez Georges Mounin, linguiste et grand lecteur de poésie *(Avez-vous lu Char ?)* qui m'avait fait lire "ses poètes" comme Pierre Morhange, Lucien Becker, Gabriel Cousin, Georges L. Godeau, Franck Venaille... Il écrivait : "Camarades poètes, ayez des émotions d'abord, écoutez patiemment vos vraies, vos propres émotions, les émotions nées de votre vie, les émotions qui sont la matière irremplaçable d'une poésie... Après, seulement, l'effort pour les transmettre par des mots – au lieu de masturber quelquefois des mots pour en faire improbablement jaillir des émotions, à tout hasard." Pour continuer la liste de poètes qui font partie, presque, de mon histoire : Guillevic, et l'économie de moyens mis au service de son écriture, je me souviens très bien de notre première rencontre... et de la dernière ; de même Andrée Chedid, sa façon de lire, sa voix, sa sensibilité, son ouverture d'esprit. Il y en a beaucoup d'autres que je relis, que je découvre de temps en temps. Ceux dont j'ouvre un livre, "comme ça" : Jean Follain, Claude Roy, mon ami Norge, bien sûr, et sa langue toujours verte, Marie Rouanet, unique et toujours attentive, André Hardellet, évidemment, dont j'ai lu toute l'œuvre, Pierre Morency, un poète québécois malheureusement peu lu en France, le grand C.F. Ramuz, et bien sûr Raymond Carver qui écrit : "On peut placer dans un dialogue une petite phrase anodine, mais qui fera remonter un frisson le long de la colonne vertébrale du lecteur (réaction qui est, selon Nabokov, le signe de la jouissance esthétique). C'est la manière d'écrire qui m'intéresse le plus. Dans l'écriture, le désordre et le débraillé me font horreur, qu'ils se rangent sous la bannière de l'expérimentation ou qu'il s'agisse de réalisme mal maîtrisé." (Préface de *Les Feux*, L'Olivier, 2012) Bien dit ! »

Table

Collection « Poche / Poésie » :

Rim Battal / *Mine de rien*
préface d'Arthur H

Cécile Coulon / *Les Ronces*
préface de Jeanne Cherhal

Cécile Coulon / *Noir volcan*
préface d'Alexandre Bord

François de Cornière / *Les Façons d'être*
préface de Paul Fournel

Abdellatif Laâbi / *La poésie est invincible*
préface de Jacques Alessandra

Thomas Vinau / *Le Cœur pur du barbare*

Cet ouvrage
a été mis en page et achevé d'imprimer
en janvier 2022
par les Ateliers Graphiques de l'Ardoisière
à Bègles (France).

Dépôt légal : mars 2022
Imprimé en France